致青春 083

靈魂決定我愛你

(02)

墨西柯 著

高寶書版集團

目錄
CONTENTS

第十章　離家

「媽！」童延打斷尹嫿和許昕朵的對話，走過來說道，「妳先去樓上休息吧，我派車送他們回去了，我們也要散了。」

尹嫿看向童延笑著問：「我剛來就要散場了？打擾你們了？」

「沒有，我也想和媽媽一起繼續過生日。」

童延笑著推一下許昕朵的手臂，許昕朵立即低著頭往外走。

許昕朵在童延身體裡的時候的確跟尹嫿很熟悉，但前提是她當時是尹嫿的兒子。她還是第一次以自己的身體與身分見到尹嫿，她也瞭解尹嫿的性格，知曉自己恐怕是不被喜歡的存在。

此時離開才是最好的選擇。

童延跟在她身後，叮囑家裡的傭人去取一件厚一些的外套給許昕朵，將許昕朵、婁栩送上車後才回來。

這時別墅裡的其他人都走得差不多了，最後幾個人也跟童延打了招呼後離開。

童延在狼藉中上了樓，看到尹嫿在跟 COCO 玩。

尹嫿看到童延後問道：「那個女孩子跟 COCO 玩得挺好的。」

「啊？」童延裝傻。

「這裡有那個女孩子身上的香水味。」

童延覺得女人都是怪物，對這些事情太敏感了點，於是有點無奈地說道：「可能 COCO 和她投緣？」

「你們兩個人似乎也很熟悉。」

「唉，妳別多想，我和她只是普通朋友。」他對許昕朵真的一點非分之想都沒有，這不是撒謊。

尹嫿抬頭看了童延一眼，知道他說的是實話。

尹嫿再次感嘆：「她長得挺漂亮的。」

「還可以吧，不是我的菜。」

「你喜歡什麼樣的？」

「妳和我爸的愛情就特別不成功，我覺得吧，我不能像我爸爸那麼膚淺，不能只看臉，我是一個看感情的人。為了證明我不膚淺，我以後的女朋友肯定不會多漂亮。」

尹嫿聽完努力理解自己兒子的腦迴路，依舊不覺得不膚淺和找一個不漂亮的女朋友之間，有什麼必要的關聯。

最後她無奈地苦笑：「這是什麼理論？」

「總之，她那種長的好看的女生也只能看看，我不會找那種女朋友的。」

關於童延私底下幫她過生日，還送她那麼貴重的手錶的事情尹嫿也不再提，只是說道：

「我送你一個生日禮物。」

「什麼啊？」

「你年齡小，還不能開車，我送你別的。」尹嫿說著，遞給童延一張名片。

童延拿過來看了看，笑了，飛行員的名片。

於是他問道：「送我一架私人飛機？」

「嗯。」

「行，我很滿意。」

十六歲生日是私人遊艇。

十七歲生日是私人飛機。

童家的生日禮物真的是沒有什麼新意。

♫

許昕朵回到家裡，提著裙擺上臺階打開家門，走進去就看到客廳的燈亮著，客廳裡有人。

那邊的生日會也散了嗎？

她進門的時候隱約聽到穆傾瑤的哭聲，側頭看了一眼，穆傾瑤確實坐在沙發上哭，面前都是紙巾，不知道已經哭了多久了。

穆父在這個時候吼了一句：「妳還有臉回來！」

許昕朵嘆了一口氣，並不理會，繼續朝樓上走。

穆父急了，追出幾步問：「我跟妳說話呢，沒聽到嗎？」

「我去卸妝。」

穆父快步走過來握住許昕朵的手腕，拉著她不讓她離開，幾乎是吼著質問：「妳是不是跟別人說了妳的身分？」

許昕朵自然不會承認，童延是因為跟她交換身體，目睹了過程才知道的，她從未刻意跟任何人說。

她淡然回答：「並沒有。」

「妳還不承認？如果不是妳說出去，童延他會來大鬧生日會，搞得所有人看我們家人的笑話？」

許昕朵甩開穆父的手，坦然地走到客廳，既然大家都在這裡，那就在這裡聊好了。

她雙手環胸沉默地坐下，低聲開口：「我並沒有讓童延過來，是他自己過來的。」

穆傾瑤突然爆發，對著許昕朵喊：「我們兩家向來同一天辦生日會，以前從來沒有過任何交集，怎麼偏偏妳來了我們家之後，他就突然來了？還說要和主角跳舞？妳算什麼主角啊？生日會都不是為妳辦的！如果不是妳跟童延說了什麼，他怎麼會這麼做！」

許昕朵看著穆傾瑤冷笑：「為什麼妳問得這麼理直氣壯？難道今天是妳生日？妳的生日是明天。」

穆傾瑤理直氣壯地反駁：「我過了十六年生日，我的生日就是今天。」

許昕朵回答：「可那只是一個假的生日而已。」

一旁的穆父看不下去，厲聲說道：「許昕朵我告訴妳，妳不想改名字就不改，這點我由著妳。但是身分的事情不要再試圖掙扎了，身分是不會公開的，妳這樣到處去說只會讓妳自己難堪。我們不承認，妳就是不入流的存在。」

不入流的存在……

多麼刺耳的話語。

明明是親生女兒，卻是見不得光的存在，許昕朵做錯什麼了嗎？明明最慘的人是她，現在被傷得最深的人也是她。

許昕朵再次強調：「我並沒有到處去說。」

穆父：「那些議論紛紛的人是怎麼回事？」

許昕朵：「他們又不瞎，看不出來嗎？你這個寶貝女兒自己長什麼樣，和穆家人有一點像嗎？關於這點你心裡一點數都沒有嗎？」

穆父被噎得一句話都說不出來，狠狠地喘了一口氣，渾身都在顫抖。

這個時候穆傾亦從樓上下來。

他看到童延走向許昕朵，邀請許昕朵跳舞後就知道事情會發展成這樣。

他不想事情鬧大，讓父親跟難為許昕朵，心裡卻又有點糾結，想著這樣也好，乾脆就公開吧，沒必要搞這樣的事情。

他之前是因為不想看穆傾瑤哭，才獨自上樓。

其實第一次見到許昕朵去看女傭，穆傾亦就產生了懷疑，私下驗證後確定了身分，將事情說出來的時候還很糾結，生怕傷到穆傾瑤。

然而穆傾瑤全程都只是哭，求家裡不要拋棄她，說自己不想離開，甚至求父母不要把許昕朵換回來。

父母受不住穆傾瑤哭癱的樣子，妥協說不會公開真實身分，他在穆傾瑤的眼裡看到了光彩，那是狂喜的神色。

全程，穆傾瑤沒有關心過他的親妹妹一句話，彷彿那根本不是人，沒有血肉。

在那一刻，穆傾亦覺得自己應該重新認識一下穆傾瑤了。

之後一連串的事情發生，穆傾亦對穆傾瑤越來越失望，尤其是處理女傭的那一天，穆傾亦是有點生氣的。

有一瞬間他竟然在想——啊……果然是一家人啊，都好惡劣啊……真差勁……都去死吧……

穆傾亦覺得很煩。

搞出這麼多事情來，讓他心中難受到不行，還要幫忙圓謊。

他會寢食難安，會心生愧疚，會想多對許昕朵好一點。然後發現，有這種想法的似乎只有他自己……

他的父母是怎麼回事？

一起長大的妹妹是怎麼回事？

怎麼突然之間都變了呢？

穆傾瑤那一家人真差勁。

自己的家人也很差勁，不分彼此。

他甚至覺得自己也不算什麼好東西，出生於淤泥，怎能不染塵埃？

他想躲開，不想參與這些事情，在許昕朵回來的時候選擇出國當交換生。

他不敢面對自己的妹妹，不敢看妹妹失望、絕望的模樣，他每次想像都會覺得快窒息了。

然而回來後，這個妹妹出乎穆傾亦的意料。

他發現自己的親妹妹異於常人的強大、冷漠，卻又在小細節展露著無助。

他發現，只要真的對她好的人，她都會善待那個人，她對家裡其他人冷漠，也是因為這些人讓她失望了。

他是聽到爭吵聲才下來的，看到穆傾瑤理直氣壯地質問，父親兇神惡煞地責罵。

他們怎麼會這麼理直氣壯呢，本來就是他們的錯，是他們不公平的決定，現在卻成了許昕朵的錯。

他們努力防範許昕朵說出真相，戳穿他們醜陋的謊言。

憑什麼？

他看向母親，依舊一副懦弱的樣子，明明想要阻攔，想要幫許昕朵，卻只是披著披肩，無助地看著他們三個人。

直到看到穆傾亦下樓，母親才彷彿看到了希望，求助地看向他。

真是夠了。

這一家人……

真的夠了。

穆傾亦冷冷地看向穆傾瑤，問道：「很多人都在質疑她們的身分，學校裡早就議論紛紛，這件事情穆傾瑤早就知道，沒有跟父親說過嗎？」

穆傾瑤一慌，說道：「只有幾個人質疑而已，很快就被反駁了。今天童延突然出現，還說許昕朵是主角才讓旁人議論的，就連築杭都問我身分的事情了，他也懷疑我了！」

穆傾亦再次問道：「他們議論紛紛，難道不是因為我們三個人站在一起，呈現了一個凹字的畫面太荒唐了嗎？」

穆傾瑤：「……」

許昕朵身高一百七十五公分，穆傾亦身高一百八十七公分，穆傾瑤身高一百五十七公分。

許昕朵和穆傾亦站在一起就像兄妹，穆傾瑤完全格格不入。

別人不議論才怪。

畢竟不是所有人都眼瞎。

穆父看著三個孩子，最後強調道：「只要我們咬緊了這件事情不說出去，就輪不到他們來質疑，大不了讓人覺得許昕朵是我的私生女。」

穆傾亦忍不住質問：「我真的無法理解，為什麼要做這種荒唐的事情？」

穆父氣得不輕，手裡拿起菸灰缸，重重地往地面上一摔：「難道是我想的嗎？誰想發生這種事情！」

菸灰缸摔落在大理石地面上，發出一聲巨響，讓屋子裡的氣氛瞬間一變。

穆父氣得手指發顫，指著許昕朵說道：「如果她把身分說出去，會給家裡帶來的影響有多大你知道嗎？我們穆家不如當年了！你還真當我們穆家光鮮亮麗呢？並不是！沈家隨時都可以換一個合作夥伴，如果不是有婚約束縛著，沈家隨時可以捨棄我們這家衰落的企業！」

穆父：「公開了，對她來說公平了，我們穆家的家業也就垮了，到時候我們全家負債累累是你們想要的嗎？對，也可以公開之後換一個對象，讓許昕朵和沈築杭訂婚，但是沈家能願意嗎？她除了相貌外哪裡都不如瑤瑤，還是鄉下長大的，沈家會要這樣的兒媳婦嗎？」

許昕朵聽完只覺得好笑：「一家產業，只能靠賣女兒撐著，這說明了你的無能。」

穆父此時正是暴跳如雷的狀態，他本以為說完家裡的情況，孩子能理解他的苦衷。他最近真的很累，家裡的事情更讓他身心俱疲。

他覺得自己真的是平白無故遭逢大難。

許昕朵現在還這麼不懂事，抬手就要打許昕朵一巴掌。

結果許昕朵身手敏捷，握住穆父的手腕，並且同時站起身來，氣勢半點不讓地跟穆父對視，再次開口：「我再說一遍，我對身分不在意，我甚至不屑於做你的女兒，恥於姓穆，你也別拿父親的威嚴壓我。你從未教導於我，從未給予我父親的關愛，你我之間只有血緣關係而已，別指望我會尊重你。」

許昕朵說完，推了穆父的手臂一下，讓穆父身體往後退了兩步。

許昕朵微微揚起下巴，掃了穆父一眼，又回頭看了穆母一眼。

穆母跟許昕朵對視的瞬間身體一顫，淚滴簌簌落下。

許昕朵嘆氣：「會決定回來，是因為我沒有經濟來源，無法獨自生活，還不想被其他人幫助，只想靠自己的血緣父母，做個米蟲。沒想到在這裡實在愉快不起來，我還不如離開，還能更自在一些。我會儘快搬出去，放心，我走之後不會提及和你們家人的關係，就當沒認識過。」

許昕朵說完，繞開這一家人走上樓。

全程沒有人阻攔她。

穆傾亦看著許昕朵上樓，再回頭看自己的家人。

他垂下頭有些難過，眼眶微紅卻說不出什麼，隨後嘆氣：「有必要鬧成這樣嗎，讓外人看笑話了。」

他說這句話的時候，目光掃了穆傾瑤一下。

顯然，穆傾瑤就是那個外人。

穆傾瑤在後半程就不再哭了，也不再說話，只是木訥地看著眾人。

被穆傾亦看了一眼後，才覺得背脊一寒，有點坐立難安。

就在這時穆父的手機響起來，他快速深呼吸，取出手機後看到是陌生的號碼，遲疑一下還是接通了。

接通電話後對方自報家門：『您好，我是童家的尹嫿。』

「哦哦哦，童夫人妳好。」穆父立即變得諂媚起來，語氣客氣萬分，完全看不出剛才發過脾氣。

『今天的事情我都聽說了，特地來跟你道歉。我兒子生日會的時候比較鬧，和人打賭玩遊戲，居然跑去你們家的生日會搗亂，最後還把你們家新收養的女兒給帶回來了。唉，我看小姑娘被嚇壞了，真是抱歉啊。』

尹嫿是故意幫忙圓場的，想著許昕朵也快到家了，不想讓穆家人太為難許昕朵，話也說得圓滑，只是沒想到穆家已經先鬧翻了。

穆父的表情一垮，隨後乾笑著說：「我們並沒有在意，童少能來參加生日會也是蓬蓽生輝。」

穆傾亦看了父親一眼，看著他前後不一的態度冷笑，接著扭頭上了樓。

穆傾瑤則是努力去聽電話裡的聲音，只能依稀聽到一點而已。

尹嫿繼續說道：『你們家心善，收養一個這麼可憐的小女生。我也是對她一見如故，不知道哪天能不能單獨來我家裡做客？穆夫人也可以一同過來，我們一起聊聊天。』

尹嫿主動投來橄欖枝，尹嫿願意跟穆母結交，這絕對是搭上了極好的人脈關係。

穆父很快答應了：「可以可以，這是我夫人和小女的榮幸。」

『好，那就說定了，這週末我在家裡等她們，我會派車過去。』

「好的。」

掛斷電話，穆父的表情有幾分複雜。

穆父回頭看了看穆母，接著看向穆傾瑤，說道：「行了，妳也別哭了，童延的母親過來解釋了，童延是玩遊戲打賭，故意過來搗亂的，沒有其他的意思。妳在學校的時候也小心一點，多穿內增高！」

穆傾瑤連忙擦了擦眼淚點頭。

穆父再次開口：「跟沈築杭解釋清楚，別讓他產生誤會。」

♫

許昕朵關上房間的門，頹然地靠著門板，身體滑落坐在地板上。

剛才有多瀟灑，此時就有多狼狽。

其實她不習慣穿高跟鞋，一個晚上的時間已經累得不行了。

她疲憊地回到家裡，原來家裡給她的壓抑感會讓自己更加疲憊。

抬頭看向這個房間，眼神空洞，找不到焦距。

她非常迷茫，這裡算是她的家嗎？

沒有感受過真正的父愛、母愛，難得得到一點這方面的關愛，也是從童延那裡偷來的。貪婪的，想要享受被父母關愛的感覺。

她太羨慕童延了，為什麼童延能那麼幸運，就算他的父母感情不太好，但都對他不錯。他就像是被寵壞的傻小子，到現在還保持著天真，就算做錯了事情，也沒有人會責怪他，還會捧著他。

她呢……

從小就被丟棄，只有許奶奶待她好。

村子裡的人欺負她們，嫌棄她們，她因為性格原因，沒有朋友。

獨來獨往，獨自長大。

她只有許奶奶，只有童延，這兩個人充斥了她的人生。

所以她孝順許奶奶。

從青春懵懂的時候就喜歡童延，只因為童延對她好。

對她好的人太少了……

童延就像是她生命裡的光。

現在她到了親生父母的身邊，表現得如何冷漠，如何豁達，還是會失望。

心裡很難受，卻沒有哭，她覺得過一下就能好了。

過一下……就好了。

在門口靜靜地呆坐了十幾分鐘，直到腿都發麻了，她才爬著到了床邊，接著撐著身子坐在床上。

低頭看自己的雙腳，此時已經好了一些，她活動一下腳趾。

手機提示燈在閃，拿來手機看了一眼，是童延傳來的訊息。

童延：『（圖片）。』

童延：『今年的生日禮物是私人飛機，等哪天帶妳出去玩。』

她看著手機螢幕，指尖微微發抖，接著打字回覆：『真好啊。』

童延：『妳餵了COCO很多東西嗎？牠趴著不動，明顯吃撐了，今天也不知道多少人餵過牠。』

她回了訊息後，將手機放在一旁仰面躺在床上，休息一下後她還要收拾行李。

哦，對了，還要卸妝。

她卸妝的時候，覺得整個腳掌撐地有點不習慣，努力活動腳趾。

噴了些爽膚水，便走出來看著自己房間裡的東西。

書稍微多了一些，衣服倒是不多，她本來也沒帶什麼過來。剛來時買了許多生理用品，此時也用了一部分了。

當初她跟穆傾亦要了一個行李箱，為的就是如果哪天搬走了，說不定能用上。

沒想到這一天來得還挺快。

她用行李箱裝完東西，又坐下拿出本子，記錄穆家最近為她花的錢，全部記錄下來後，想著如果有可能，還是還給他們吧。

沒必要再有任何牽扯。

正計算著，突然有人來敲門。

她遲疑了一下，想假裝沒聽見，結果那人繼續敲門，接著說道：「朵朵，是媽媽。」

許昕朵拿著筆遲疑了一下，還是起身，打開門。

穆母捧著一碗餛飩走了進來，將餛飩放在許昕朵的書桌上，看了房間裡的行李箱一眼，表情變了變。

穆母有些不安地說道：「這個是我親手包的，不知道妳晚上有沒有吃東西。」

明明面前的是她的親生女兒，但是這個女兒太過陌生了，且穆母內心有愧，有些不知道該如何面對許昕朵，說話的時候都沒有底氣。

許昕朵回答：「我在童家的時候吃過了。」

「其實我是來跟妳道歉的。」

「完全沒有必要，你們接我回來只是一個形式而已，覺得自己的孩子流落在外不太好。我們本來也沒有什麼感情，強行湊成一家人果然不太舒服，我搬出去，把家讓給你們一家四口才是最好的選擇。」

穆母拚命搖頭，情急之下，拉住許昕朵的手，語速極快地解釋：「不是的，我只是……不知道該怎麼補償妳，我真的好幾天都睡不著，就是因為不知道該怎麼辦才好。妳是我的親生女兒，我怎麼可能不要妳？」

穆母說的不是假話，她是真的心裡難受，只是許昕朵身上冷冰冰的，她不知道該怎麼瞭解許昕朵，該怎麼補償。

加之她的性格懦弱，不敢跟穆父抗爭，事情才會漸漸成了這個樣子。

眼看著事情越來越糟糕，許昕朵都要離開這個家了，穆母終於坐不住了。

許昕朵不想再爭辯，她有點累了，只是將自己的手抽回來，繼續檢查有沒有落下什麼東西。

穆母只能站在房間裡解釋：「妳有所不知，我和妳的父親當初就不算是門當戶對，我的出身卑微，家裡只是開餛飩鋪子的，是妳父親執意娶我進來的。我的家庭背景，完全扶持不了什麼，才會讓他這些年都這麼艱難，我也占其中一部分原因。」

許昕朵沒回答，繼續收拾。

穆母追在她身後繼續說了下去：「這些年裡，我們家的生意越來越不好，妳的父親壓力很大，才會越來越暴躁。他也是想要維持穆家的家業，想讓你們都過上好日子。關於妳的身分問題，我們也是無奈之舉，要維持和沈家的婚約，家裡的醜事不能宣揚出去……」

「我被人換到了農村去，是醜事？」許昕朵停下來問。

「不是，是我們用人不當，對妳造成這麼大的傷害，我們真的非常愧疚。」

許昕朵終於停下來，坐在床上喘了一口氣，沒回答。

穆母：「跟妳吵完之後妳的父親也很愧疚，一個人在陽臺抽了幾根菸，始終沉默不語。他也是在乎妳這個親生女兒的，這間房間就是他親手收拾出來的，還幫妳安排了補習班，最近還會請一位鋼琴老師過來教妳鋼琴。妳還有沒有什麼想學的，學校裡的興趣班如果不夠，我們可以單獨去學。」

「不用了，沒必要。」

誰知，穆母居然在這個時候跪在許昕朵的身前，聲淚俱下：「朵朵，妳別走好不好？這不是要媽媽的命嗎？妳讓我後半輩子怎麼活啊？啊？自己的親生女兒都照顧不好，我還有什麼顏面活下去。」

許昕朵趕緊站起身來，雖然說他們沒有什麼感情，但是自己的親生母親跪在身前，這始終是不合適的。

她瞬間煩到不行。

搞什麼啊……相處不來就不要硬是相處啊！這樣苦苦維持有什麼意思？

穆母還在繼續：「再給媽媽一個機會好不好？媽媽想補償妳，可不可以？妳留下來不要走，妳一個小女孩能去哪裡啊？妳奶奶的身體不好，難道還要為妳擔心嗎？她如果知道妳在自己的原生家庭過得不好，她也會難過的。」

這句話痛擊在許昕朵心中的最柔軟處。

她的確不想讓許奶奶擔心。

當初許奶奶重病，托孤一樣地讓她來找外婆。

如果她的身邊始終只有許奶奶一個人的話，哪天許奶奶身體不行了，說不定都無法沒有牽掛地離去。

其實，在她被原生家庭帶走的時候，許奶奶也鬆了一口氣吧。

離開她該怎麼生活呢？

讓童延養她嗎？

從她需要依靠童延的那一刻起，他們兩個人的關係就不再平等，她將會成為依附於童延的那方。

她開始痛恨自己的沒用，為什麼只有十七歲，為什麼手裡沒有積蓄，連活下去的底氣都沒有。

許昕朵的確有一瞬間的猶豫，卻還是握緊了拳頭，避開母親跪的方向後，低聲說道：「他當年願意披荊斬棘地娶妳，這說明他有種。現在公司不穩定，需要賣女兒留住合作夥伴，還不能公開身分，也是他無能。妳當年也是名校畢業生吧？他到底灌輸了什麼樣的思想給妳，才會讓妳自甘墮落到這種地步，覺得他的無能是妳的錯？」

「不，朵朵，妳聽我說……」

「妳很失敗，妳是一個失敗的母親，失敗的妻子，妳的失敗在於妳的腦子不清醒！現在還跪在這，妳看看自己這副樣子，像話嗎？」

穆母知道自己這樣做沒有用了，只能站起身來，然後看到許昕朵指著門口說道：「出去。」

「對不起……」

「出去，我不想聊了，現在就出去。」

穆母頹然地走了出去。

許昕朵將門反鎖，隨後回到床上，蜷縮在被子裡想要冷靜一下。

她也說不清楚是什麼時候開始哭的。

本來不想哭的，覺得自己還能堅持住，結果還是被氣哭了。

哀其不幸。

怒其不爭。

也覺得自己可悲。

♫

童延帶著 COCO 散步消食，也不知道來了幾波人偷偷餵 COCO，挺矯健的狗都跟懷了小狗崽似的。

牠還是一隻公狗。

身體突然晃了一下，回過神來發現自己在室內，躺在床上，抬手看到纖細的手指。

搞什麼，又強制更換身體了。

他坐起身來，覺得視線模糊，下意識用手背擦了擦眼睛，居然沾了滿手背的淚水。

他錯愕了，他來之前許昕朵在偷偷掉眼淚？

快速起身，站穩的一瞬間腳有些不舒服，回憶起自己幫她準備的高跟鞋，不由得一陣懊惱。

走到鏡子前面看許昕朵的樣子，果然在哭，眼睛都腫了。

再看看房間裡，空蕩蕩的，很多東西都被收拾起來了，地面上還有兩個行李箱，一個立在一邊，一個處於打開的狀態，裡面堆放著尚未整理整齊的行李。

什麼情況？

許昕朵和家裡吵架了？

她受欺負了？

她準備離開這家了？

在半個小時前，他們兩個人還在傳訊息，許昕朵什麼都沒說。

結果他到了這邊之後，居然是這種情況？

他仔細想了想，知道是自己突然來到穆傾亦、穆傾瑤的生日會，引得穆家不高興了，從而為難許昕朵。

許昕朵卻沒跟他說。

童延有點氣。

他氣穆家這群傻子居然欺負他的姑奶奶。

他還氣許昕朵受委屈了不說自己偷偷哭，在他不知道的情況下，她還受了多少委屈他都不敢想。

搬！

必須搬。

當初就不應該來穆家！

他真搞不懂許昕朵。

他拿來許昕朵的電話，翻看聯絡人列表也沒有幾個人能過來幫他搬家。

最後打語音電話給魏嵐，接通後，魏嵐客氣地問：『朵爺，什麼事？』

「你現在能不能來我家一趟？」

『哈？』魏嵐吃了一驚，接著有點猶豫，『朵爺，這有點不合適，我實話跟妳說吧，妳別看我很會玩，我其實還沒跟女生一起過過夜呢，談戀愛也只是拉拉小手、親親小嘴，沒了……我們還沒成年，這種事情不太合適。而且……也對不起延哥，妳說是不是？』

「我和穆家鬧翻了，要搬出去，現在就搬，和童延說他肯定會鬧事，只能求你了。」

『因為延哥去生日會的事情嗎？』

「算是吧。」

『好，我知道了，我現在就聯繫司機去妳家裡接妳，妳先把行李收拾好。』

「好的。」

『朵爺，等等，為了避嫌我再叫上蘇威行不行？』魏嵐確定不會跟童延爭了之後，就不會再做曖昧不清的事情了，很懂分寸。

「好。」

童延把房間裡的東西挑挑揀揀，看起來也沒有什麼好收拾的了，行李箱的東西歸攏一下，強行拉上拉鍊，完事。

準備拎著行李箱往外走的時候一低頭，發現許昕朵之前沒穿內衣，應該是準備睡覺了，又折返回去，打開行李箱找了一套衣服換上。

像他這種會反手扣內衣的男生，世上也是少見了。

穿好內衣，習慣性地攏一攏，接著動作一頓。

以前許昕朵不在自己的身邊，不算是現實裡的朋友，在她身體裡多年他都習慣了。

結果現在碰到這個身體，想起許昕朵現實裡的樣子，手當即拿開。

然後……低下頭去看……

許久後，童延抬手揉了揉臉，又拍了兩下，趕緊套上衣服，穿上兩層褲子，這才算是可以出門了。

許昕朵的身體怕冷到一種極端的程度，穿暖和一點才可以。

他拖拽著行李箱走出房間，看到樓梯也沒遲疑，先拎一個下去。

兩個行李箱都搬完了，推門走出穆家，就看到穆傾亦蹲在門口，手臂搭在膝蓋上，回頭看向他。

穆傾亦依舊是那副冷淡的模樣，開口問：「今天就走嗎？」

「嗯。」童延想揍人，說不定這小子也欺負許昕朵了，又怕他揍了以後許昕朵生氣。

穆傾亦站起身，朝童延走過來說道：「我送妳吧，一個人不安全。」

穆傾亦的聲音很低，甚至微微發顫，不知道究竟壓抑了多少情緒在其中。

童延對穆傾亦一點好感都沒有，拒絕得乾淨俐落：「不用，我叫了朋友過來。」

「童延？」

童延搖了搖頭否認：「魏嵐和蘇威。」

穆傾亦很輕的「嗯」了一聲，隨後問：「打算去哪裡住？」

「你管不著。」

一向驕傲的穆傾亦在這種情況下，居然還能繼續問：「錢夠花嗎？」

「我有的是。」童延的零用錢給許昕朵一個零頭，也夠許昕朵生活了，完全用不著在這裡受氣。

「父母的卡不要還給他們，他們轉錢給妳就用，他們欠妳的，應該補償妳。那些妳收著，在這一點上的尊嚴沒有必要。」

穆傾亦這句話，引得童延瞥了穆傾亦一眼，微微蹙眉思考，想著穆傾亦到底是黑臉還是白臉？

不過很快他就放棄思考了，穆家一家都不是什麼好東西，穆傾亦能好到哪裡去？幸好許昕朵沒和這家人生活在一起，才倖免於難，沒被這家人汙染到。

等了一下子後魏嵐他們來了，打電話給童延，說進不了社區門。

穆傾亦站在童延身邊打了電話給社區警衛，那邊很快放行了。

穆傾亦看著魏嵐和蘇威過來幫許昕朵拿行李，目送他們離開，在童延上車的時候穆傾亦突然伸手拽了一下童延的衣角。童延回頭看向穆傾亦，對視的一瞬間穆傾亦還是鬆開了手。

他薄唇輕啟，卻一個音節都沒發出來，最後握緊拳頭轉身離開，開門走回穆家別墅。

童延坐在車裡，看著穆傾亦離開，忍不住撇了撇嘴角。

魏嵐還挺八卦的，問童延：「怎麼回事啊？穆家不收養妳了？」

童延懶洋洋地回答：「是我不想在那裡留著了。」

「我們現在去哪裡啊？」

「商場對面的藍錦灣公寓。」

魏嵐還想繼續問，可是童延明顯不想說，他也就閉了嘴，女性之友魏嵐覺得，此刻「許昕朵」的心情肯定不好。

這個時候許昕朵終於聯繫上童延，傳訊息問：『你遛狗的時候為什麼不帶手機？』

許昕朵（童延）：『沒有要聯繫的人啊，難不成還要找個人聊遛狗心得？』

童延（許昕朵）：『你在做什麼呢？』

許昕朵（童延）：『搬家。』

許昕朵那邊沒有回覆，童延也沒再傳訊息，反正現在許昕朵想要強行換回來是不可能的。他不配合，許昕朵單方面也換不過來。

他就是要搬過去以後，再和許昕朵換過來，不然怕許昕朵又心軟了回去穆家。

這群女孩子總是割捨不下一些亂七八糟的情感，難以理解。

在魏嵐和蘇威的護送下，童延去了他給許昕朵準備的房子。

推著行李箱走進去，魏嵐和蘇威送到電梯口，沒進門就跟童延道別了。

魏嵐指了指電梯：「我和蘇威這就走了，這麼晚了和女孩子共處一室不太好，妳幫忙刷個卡。」

「嗯，今天謝謝你們。」童延說道。

「謝什麼啊，以後妳是延嫂呢，都是一家人。」

童延刷電梯卡的時候白了魏嵐一眼，延嫂個屁！誰跟你一家人！

童延推門回到家裡，家裡的母雞和小綿羊送去寵物中心寄養了，寵物中心都震驚了，有養貓養狗甚至是養蛇的，養羊和母雞的倒是少見。

但是童延樂意，願意拿錢寄養，且要定時讓牠們幾個散步，導致寄養費比去市場買雞肉還要貴。

他進去之後，拖著行李箱去了主臥室，開始收拾東西。

手機震動起來，童延接聽後是自己的聲音：『你搬完了嗎？』

「嗯，已經到家了，在收拾行李。」

『換過來吧，我自己收拾就行。』

「妳以為我願意幫妳收拾？」童延說話的時候已經插上了耳機，把手機放進口袋裡繼續說，「我是直接把東西都幫妳放好了，省著妳又搬走了，不過這行李……」

童延打開他換過去之前就已經封好的行李箱，打開後看到大半箱子的生理用品，沉默了一瞬間。

這東西扔了，重新買不就行了，還用得著特地搬過來？

行李箱空出來的地方，放著他給她的禮服、鞋子，這一個行李箱就滿了。

許昕朵的家當真的……有點寒酸啊。

『童延，對不起，又讓你擔心了。』許昕朵壓低聲音跟童延道歉。

「許昕朵我警告妳啊，別用我的身體哭哭啼啼的說話，我聽了彆扭。」

『就是……有點難受……』

童延嘆了一口氣，停下收拾行李的動作，坐在床上說道：「有這樣的父母不是妳能選的，這不是妳的錯，不用有心理負擔。三觀不一致，融不進去的圈子不要硬融，妳會不舒服，他們也不舒服，還不如離開了大家都愉快。」

『嗯，我都懂。』

「心情肯定會差一陣子，只能妳自己調整了，反正妳就想著有奶奶和我呢，沒事，乖，早點睡覺吧，我收拾完了也去休息。妳要是怕這幾天他們纏著妳，我們就先別換回來，我幫妳過這幾天。」

『不行。』

「怎麼？」

『我要參加普通班的考試，累積一點學分。』

「……」

這個，童延真的沒辦法幫忙。

童延最後還是妥協了：「好吧。」

掛斷電話後，童延繼續收拾行李，幫許昕朵收拾東西的時候有點無奈。

之前那個行李箱他也就忍了，這個行李箱放了一臺淨水器是怎麼回事？新買的電器也帶過來了？要不要這麼會過？

再看看，許昕朵這些東西真的亂七八糟的，他都不知道該往哪裡放。

他一個大少爺很少收拾東西，自己的房間都不整理，這時倒是很樂意幫別人收拾。

終於收拾完了，他拖著疲憊的身體躺在床上，將床上的零食用腿橫掃下去，接著鑽進被子裡，關上燈進入睡眠。

結果沒想到，早晨五點半他就被手機吵醒了。

他以為是鬧鐘鈴聲，結果看了一眼是電話，接通後聽到自己的聲音崩潰地問：『童延，你的身體最近怎麼起立得這麼頻繁啊！』

童延抹了一把臉，崩潰地躺在被子裡，還要安撫被男性晨間反應嚇到的許昕朵：「我十七歲了好嗎？那地方長期不用，就會自己時不時起立，證明它是能夠正常使用的，示意主人它需要安撫。」

『可、可是它半天都沒有好。』

「那妳就擼啊！」

『神經病啊！』許昕朵大吼一聲後掛斷電話。

童延躺在床上，迷茫地看著依舊黑漆漆的房間，再看看手機，打開訊息就看到對面傳來：

『換過來！』

童延只能配合，轉瞬間身體切換。

許昕朵回到自己的身體裡，手裡還拿著手機。

她從被子裡爬起來，打開燈看房間，接著就看到行李箱還敞開著，裡面的東西全都被拿了出來。

不過這東西擺的……

禮服搭在房間裡的沙發上，這東西掛進衣櫃裡能累死？

淨水器放在床頭櫃上，真別說，大小還十分合適。

再一抬頭，生理用品堡壘一樣地堆放在窗臺上。

她看著房間崩潰了一下子，抬手捂了捂臉，她昨天晚上是不是對童延產生了不切實際的幻想？

走進洗手間想要洗漱，結果發現熱水器沒有啟動，家裡還沒有熱水。

她只能臨時啟動熱水器，順便按照說明書，設定房子裡的電子設備，綁定到自己的手機上，接著出去收拾房間。

收拾的時候扯開衣服看了一眼，發現童延又穿著內衣睡。

大致收拾完了，她用半熱不熱的水洗漱完畢，走出來拿起手機，看到童延傳了訊息：『我安排車過去接妳。』

她趕緊換好衣服，拎著書包朝外面走，走出社區，上了童延安排的車。

坐在車上她覺得童延跟穆家較上勁了，也不知道是什麼時候準備的，居然是一輛粉色的保時捷。

她其實……不太喜歡粉色，黑的、白的就行。

到了學校，發現童延比她早到學校，她剛剛放下書包，就被童延拉著手腕往外走，接著走進教室一旁的儲物室。

儲物室裡擺放的多是投影機、教具這些東西，房間不大，只比窗戶寬不到半公尺。

童延按著許昕朵的肩膀讓她靠著牆壁站好，隨後自己站在她面前，單手撐著牆壁，以標準壁咚的姿勢看著她問：「說吧，錯了沒？」

許昕朵乖乖點頭：「錯了。」

一般這種情況許昕朵都會認錯，畢竟童延很少對許昕朵訓話，出現這種情況，就說明童延真的被氣到了，且理直氣壯。

他們兩個人在這一點上還頗有共識，認識後百分之八十的時間是童延讓著許昕朵，這百分之二十的時間許昕朵也會給他面子。

童延板著臉，繼續問道：「說，錯哪了？」

「我沒擼。」

「誰跟妳說這個了！」童延說著，用手指抬起許昕朵的下巴，讓她看向自己，「妳翅膀硬了是不是，出了事都不跟我說了？真覺得自己有多厲害是不是？要不是我突然換過去，都不知道妳在哭呢，欠收拾是不是？」

許昕朵不想跟童延這麼近距離對視，還是在只有他們兩個人的狹小空間裡。

她錯開目光，看向別處小聲回答：「我昨天只是被氣到了。」

「看著我。」童延抬手捏著她的下巴，讓她沒辦法扭頭，還迫使她抬頭，「許昕朵我告訴妳，妳一半的身體是我的。妳要是受委屈了，也算是我受委屈了，我是能忍的人嗎？」

「不是……」許昕朵的臉被捏著，說話的時候只能噘嘴，聲音含糊，這一句話說得有點搞笑，把童延逗樂了。

「說吧，還受了什麼委屈，哥幫妳收拾回來。」童延低聲說道。

童延看著許昕朵的時候眼神柔柔的，像是一罈透著香味的蜜糖。

他不是一個溫柔的人，他的性格龜毛又暴躁，只對一個人溫柔，就是許昕朵。

尤其是知道許昕朵受了委屈，心情不好，此時看似嚴厲教訓許昕朵，其實是在用他自己的方式安撫。

許昕朵抬眸，看到的就是童延這副樣子，垂著睫毛看著她，兩個人的距離近在咫尺。

狹小的空間，門外是喧鬧的學生們，還有人時不時從門口經過。

她看向他，遲疑了一下才說道：「無所謂了。」

「我最討厭妳這句話。」

「真的，反正有你呢，你說是不是？」許昕朵揚眉。

第十一章　第一名

童延看著許昕朵開開心心地出了儲物間，真的不知道自己怎麼那麼好哄，一句話就把他搞定了。

他走出去，碰到剛剛到學校的魏嵐。

魏嵐看到許昕朵走出儲物室正要打招呼，就看到童延也從裡面走出來，腳步一頓。

蘇威也在門口閒逛呢，正好和魏嵐一起，兩個人看看許昕朵，再看看童延。

魏嵐最後還是忍不住開口了：「朵爺……把背後的灰塵拍一拍，我們學校的毛衣外套不懂事，老是沾灰，妳別跟它計較啊！」

蘇威也跟著說道：「就是，下次別靠牆上，牆多涼啊。」

許昕朵知道他們兩個人在起鬨，拍了拍自己的外套，跑回教室裡。

魏嵐又開始嘆氣了：「唉，延哥，我真的受不了這種刺激，你能不能體諒體諒我這個單身狗？」

蘇威也跟著說：「就是，太不講究了，就不能忍忍？儲物室裡環境也不太好啊。」

童延對他們展現「和善」的微笑，接著問道：「找死？」

兩個人立即鳥獸散。

童延回到教室坐下，許昕朵拿出海報給童延看：「你看，學校有網球比賽，第一名有五千元的獎金呢。」

「五千都不夠我的摩托車加油。」

許昕朵又拿一張單子，興致勃勃地繼續介紹：「這裡有一個青少年鋼琴比賽，第一有十萬獎金呢。」

「這點錢夠幹什麼？」

許昕朵看了看童延，不管他了，拿著手機，按照單子上寫的格式提交報名表格，接著遇到了問題：「這裡要掃描鋼琴證書，我沒有鋼琴證書。」

許昕朵的身體長期在鄉下，家裡能練習的設備只有電子鋼琴，也沒有考過證書。

這個比賽只有有證書的人才能參加。

童延探頭去看，指著下面一排字說道：「這裡有業餘組。」

許昕朵看了看後說：「業餘組的比賽場地和其他人不同，還要多比幾輪。」

「妳現在考證書來得及嗎？」

「報名快截止了，我參加業餘組吧。」

許昕朵說完，繼續報名。

童延拄著下巴，看著許昕朵興致勃勃地研究班長給的單子，接著在自己的筆記本上寫上了比賽項目、時間、獎金數量，以及可以得到的學分數。

接著，她又總結所有可以加分的興趣班，從分數高的課程裡選擇自己擅長的，繼續在學校

ＡＰＰ上提交報名表格。

他看著許昕朵的行程被安排得滿滿的，週一到週五，一節自習課的時間都沒有。

童延問道：「明天去參加普通班的考試在哪個考場？」

「我之前沒有排名，所以是最後一個考場，在普通班的高一十三班教室。」

「最後一個考場混混多，妳注意點。」

「好。」

嘉華國際學校的考場是按照成績排的，排名前五十的在第一考場，還無人監考室。許昕朵沒有成績，所以被安排在最後一個考場，那裡都是課業成績最差的一批人，進去之後的氣氛不會太樂觀。

不過許昕朵無所謂，她只是去考個試而已。

♫

許昕朵搬出穆家這件事沒有驚動任何人，無聲無息的。

穆傾亦和穆傾瑤都沒有再來找過許昕朵，許昕朵到參加考試的那一天都非常的平靜。

然而進入教室不久，她看到印少疏突然走向自己，不由得翻了一個白眼。

嘉華國際學校的考場，除了每個年級的第一考場外，其他的考場是高一學生和高二學生穿插著坐的。

一排坐高一學生，一排坐高二的學生，以此防止作弊。

非常不巧，許昕朵和印少疏在同一個考場。

印少疏進來之後坐在與許昕朵並排的位子，側過身來，特別不友好地叫她：「喂！叫妳呢，妳是童延的女朋友？」

許昕朵沒理。

「童延在追妳？追到了沒啊？」

繼續不理。

印少疏又問：「我說妳是不是聾啊？和妳說話沒聽到嗎？」

說完還走過來踹許昕朵的椅子。

許昕朵抬頭白了印少疏一眼：「滾開。」

「我靠……」印少疏被許昕朵的態度氣到了，冷笑一聲說道，「脾氣還挺大。」

說完盯著許昕朵的三白眼看，看了一下子覺得這雙眼睛看起來太彆扭了，印少疏再次開口：「妳是不是瞪我？是不是瞧不起我？妳的眼神怎麼回事？這死魚眼睛真討人厭。」

許昕朵：「……」

印少疏不但不走，反而拉來他的椅子坐在她的旁邊，非要跟她沒完沒了。

他見許昕朵在看書，一把把許昕朵手裡的書拿走，丟在一旁，繼續說道：「問妳話呢，妳和童延是什麼關係？」

「關你什麼事？」

「我看童延不順眼，妳要是他的女朋友，以後也別想太平！」

許昕朵在童延身體裡的時候，跟印少疏打過架。

因為許昕朵看到印少疏在欺負女生，一個女孩子坐在座位上，印少疏將女孩子的書桌踢飛了，還指著女生的鼻子罵人。

女孩子只是哭，不理人，印少疏就把女生的書全部撕碎，揚在女孩子的頭上。

女孩子還是哭，印少疏急了，拽著女孩子的手，就要把她帶出去丟進噴水池裡，許昕朵看不下去，攔下印少疏。

印少疏在氣頭上，覺得她多管閒事，兩個人就此打了起來。

印少疏和童延就此結下梁子。

許昕朵沒跟童延說這件事，根本沒當一回事，那次交換的時間有點長，聯繫也少，她把這件事忘了。

童延回到身體裡後，就覺得印少疏跟個傻子似的老是找碴，覺得這位有病。

童延是什麼人啊，你找碴我就收拾你，兩個人就這麼槓上了。

「我不是他女朋友。」許昕朵被煩到不行。

印少疏聽到這句話，剛準備放過許昕朵，結果就聽到許昕朵又補充：「但是你敢對他做什麼，我也不會放過你。」

印少疏的動作一頓，接著詫異地看向許昕朵問：「你們……這是過命的交情？」

「你管不著。」

印少疏移動椅子回自己的座位，對許昕朵說道：「行，我記住了，妳就是童延那一夥的。」

許昕朵沒回答，拿書繼續看。

教室裡陸陸續續進來其他學生，有人跟印少疏打招呼：「小印少，你怎麼在這裡考試？你不是國際班的嗎？」

印少疏嘆氣回答：「別提了，我家裡說我出去留學大概會天天犯法，不如留在國內，真的出事了保釋我還能快一點，所以我成普通班的了。」

教室裡還有其他人在偷看許昕朵，小聲議論。

童延闖穆家生日會，帶走許昕朵的事情也傳開了，讓許昕朵再次成了風雲人物。

這事算是解釋不過去了。

他們也懶得再解釋，愛怎麼理解就怎麼理解吧。

開始考試後，老師沒收手機，學生留在座位上考試。

這個考場都是全校倒數前二十的學生，加上一個為了學分的許昕朵，一個突然轉班的印少疏，聚在一起後的效果，就是全考場只有許昕朵一個人在認真寫字的場景。

許多學生都是猜完選擇題後，就開始東張西望。

強制留在教室裡不許出去的後半段時間，整個教室裡只有許昕朵一個人的寫字聲。筆尖落在卷子上，紙面薄薄的，筆尖敲擊桌面，發出「噠噠噠」的聲音。

印少疏坐在許昕朵側面，蹙眉看著許昕朵寫考卷，還伸長脖子看了看，最後無趣地自己咀嚼口香糖，又吐了一個泡泡，「啪」地破了。

覺得沒意思，他又開始晃椅子，椅子一下一下地撞後排的桌子，發出聲響來。

教室裡的監考老師對這個考場不太上心，也就沒管，引得許昕朵一陣煩躁。

她扭頭看向印少疏，低聲說道：「你安靜一點。」

印少疏的動作一頓。

許昕朵繼續答題。

印少疏還越來越起勁，一直晃椅子，撞得更開心了，連貫的撞擊聲裡透著一股囂張、挑釁的味道。

許昕朵抬頭看了印少疏一眼，沒再管，繼續答題，引得印少疏一陣笑。

考試結束，休息的時間印少疏拿著手機正在傳語音訊息，就看到許昕朵朝著他走了過來，脫掉了毛衣外套。

印少疏一怔，這是幹什麼？

結果就看到她拿著毛衣外套，突然纏住他的身體，將他的身體和椅背綁在一起。

他努力掙扎，發現這個女的力氣可真大，最後還是被捆住了。

接著，許昕朵一腳踢開他身後的桌子，用手推印少疏的肩膀，推得他的身體和椅子一起後仰，嚇得印少疏連連：「我靠我靠！」

還以為頭要撞到地面的時候，椅子居然沒倒下，被許昕朵用腳勾住了，歪歪扭扭的尷尬得不行。

許昕朵冷聲問：「爽不爽？」

印少疏氣得大罵：「你他媽的……」

還沒罵完，許昕朵就讓椅子重新立起，印少疏也跟著坐穩在椅子上，接著被許昕朵再次推倒。

這他媽的比坐雲霄飛車還刺激。

印少疏想殺人的心都有了，努力想要掙脫開束縛，結果被捆得有點緊，也不知道許昕朵是怎麼做到的。

再次重新坐穩的時候，許昕朵看著印少疏氣得陰黑的面色，說道：「你之前不是挺喜歡晃嗎？繼續啊！」

朵爺，專治各種不服。

童延過來教室的時候，剛好看到這一幕。

童延一直擔心許昕朵去最後一個考場，裡面的學生會欺負她。明明是一朵霸王花，他卻總是下意識覺得許昕朵是一朵小嬌花，必須護著。

就像爸爸送女兒去了幼稚園，卻偷偷探頭看女兒情況的一樣，童延一下課就來到許昕朵的考場。

好巧不巧，看到他的小嬌花在教別人做人。

他拿著烏龍茶走進來，把茶放在許昕朵的桌子上，和許昕朵打招呼：「忙著呢？」

和童延一起過來的還有魏嵐、蘇威兩個人，他們兩個人也跟著圍觀，還沒忘記偷笑。

童延來了之後，也不忙著拉架，反而坐在許昕朵的桌子上，看到許昕朵收拾印少疏，頗有些坐鎮的架勢。

童延那架勢簡直就是看著自己家的小淘氣在玩玩具，他們家小淘氣真可愛。

印少疏要氣瘋了，開始暴躁地口吐芬芳。

許昕朵又做了幾次後鬆開了印少疏。

她把衣服取下來後，童延怕印少疏找碴，立即跳下桌子擋在許昕朵身前，結果看到印少疏趴在桌子上努力把氣喘勻。

剛才罵人罵得太急，再加上來回晃，缺氧了。

印少疏揉了揉腦袋，抬頭看兩個人，指著許昕朵還要罵，就聽到童延說道：「你要是有事就對著我來，別跟女生鬧，丟人。」

印少疏氣到不行，被人虐了一通後又被放閃：「我……啊！氣得我腦子疼。」

上課鈴聲響起，也證明又要進行考試了，老師拿著考卷進來，童延他們只能離開。

童延有點擔心，結果被許昕朵趕走：「沒事。」

在老師來了之後，印少疏也沒怎麼惹事，拿到考卷後還認認真真地塗卡，頗有信仰的全部選C，也不管其實有些問題是二選一。

塗完了答題卡，他就開始扭頭瞪許昕朵。

許昕朵沒理會印少疏，繼續答題。

好在印少疏沒有再挑釁，跟一隻哈士奇似的，瞪得虎視眈眈的，表情有點傻。

瞪到後半段，印少疏的眼睛累了，趴在桌子上睡著了。

許昕朵答完題，喝著烏龍茶檢查了一下，接著提前交卷。

等印少疏醒過來的時候，許昕朵已經不見了。

印少疏活動一下肩膀，站起來找人。

等印少疏找到許昕朵他們的時候，他們在學生餐廳裡吃飯。印少疏用手指敲了敲桌面，對童延說道：「找你是吧？」

這口氣印少疏肯定咽不下去，不發洩一下，他都不姓印。

童延點頭：「嗯。」

許昕朵抬頭看向他們，也想跟著，結果童延讓她留下：「妳下午還要考試呢。」說完帶著魏嵐和蘇威，跟著印少疏他們一起出去了。

婁栩目瞪口呆地看著這群人走出去，接著跟許昕朵說：「他們碰在一起，簡直就是兩座金山在打架鬥毆啊！我都怕他們打著打著，一言不合開始撒錢，看誰撒的多算贏。」

童家，財閥家族。

印家，不分上下的豪門家族。

這兩家的少爺死磕上了。

許昕朵有點擔心，傳訊息問童延：『我是不是惹禍了？』

童延很快回覆了：『哎呦，我們家姑奶奶總算惹了一次事，讓我等好久。』

她看著手機又放下了，之前惹事的都是童延，接著讓她過來幫忙揹鍋。她難得惹一次事讓童延幫忙，扯平了。

「唉，不聊他們了。」許昕朵嘆氣。

婁栩還回頭看著呢，她有點想去旁觀，幾個帥哥打架的畫面是不是也挺帥的？

印少疏雖然性格不好，但是人也滿帥的啊……

許昕朵都要吃完了，婁栩才開始跟她聊別的：「這次我們普通班的考試題目有點難，第一考場哀嚎聲一片。」

許昕朵不覺得難，還可以。

只是被印少疏搞得有點煩躁。

「我覺得還可以。」許昕朵回答。

「妳也考了？」

「嗯，我錯過一次國際班的考試，沒有學分，我們是積分制。」

「哦，對，我都覺得難……尤其是倒數第二大題，穆傾亦、邵清和的答案有兩種，我是第三種。」

「他們都是多少？」

等婁栩說完了之後，許昕朵回答：「應該是穆傾亦對了。」

「嗯，穆傾亦是學神，邵清和成績挺好的，但是不常來學校，多少有點跟不上。」

婁栩回答完後才反應過來：「妳說難度還可以？」

「嗯，對啊，國文和數學兩科啊。」

婁栩：「所以妳倒數第二題的答案是和穆傾亦一樣的？那最後一題呢？」

許昕朵帶著書包，隨便寫了幾筆給婁栩看。

婁栩看完了又看了看許昕朵，之後在火箭班的群組裡看他們對答案，翻了一下後，發現許昕朵最後一題的答案和穆傾亦、邵清和一致。

婁栩直捂臉，她不想再去看答案了，她已經錯了兩題了。

接著，她問：「妳的成績真的很好啊？」

許昕朵也很納悶：「為什麼妳就是不信呢？」

「因為妳長得不像……妳就應該當花瓶，這樣別人才能心理平衡。」

「這也能以貌取人？」許昕朵震驚了。

婁栩把手機扣在桌面上，突然神祕兮兮地說：「妳不要跟別人說哦，就等成績公布後放大招吧！讓那群渣渣震驚！」

說完婁栩突然興奮了起來，來回晃肩膀，得意到不行。

「嗯，好的。」許昕朵笑了笑回答。

♫

下午的考試，印少疏沒來考場。

許昕朵的手機被收了上去，也聯繫不上童延，只能留在考場裡考試。

到了許昕朵交卷，回教室後就看到教室裡的人都看向她。

她回到座位坐下，注意到童延、魏嵐、蘇威都不在教室裡。

魏嵐隔壁桌回頭跟許昕朵說：「延哥他們被弄到教務處去站了一下午了。」

許昕朵關心的問題只有一個：「傷得重嗎？」

「還行吧，要是重了還能罰站？早就去醫院了。」

「你說的有道理。」

魏嵐隔壁桌看許昕朵還挺淡定的，忍不住小聲提醒：「延哥因為妳和印少疏打架的事情都傳出去了，劉雅婷氣瘋了，剛才來我們班找妳。」

「哦。」

「妳小心一點吧，劉雅婷性格挺火爆的。」

「好，知道了謝謝。」

許昕朵收拾一下東西，下課鐘聲一響，便走出教室。

學校裡還有去上興趣班，從多媒體大樓往回走的學生，這些學生穿插在一起，想要找到一個人非常困難。

劉雅婷到國際四班的時候，許昕朵已經離開了。

劉雅婷氣到不行，又去了教務處。

走到教務處附近看到許昕朵也站在圍欄邊朝罰站那裡看呢，沒敢去教務處門口。

她正想過去說許昕朵兩句，就看到正在罰站的童延懶洋洋地坐在欄杆上，往後探頭朝許昕朵那邊看，還笑著對許昕朵比了一個剪刀手。

劉雅婷站在遠處看到這一幕，心裡突然揪緊，腳步停頓後轉過身。

她怎麼這麼執迷不悟啊……

看到童延被學校處罰了急到不行，聽說是因為許昕朵而起又氣得不行。結果人家好著呢，打情罵俏的，說不定感情還能升溫。

她去了也是自討沒趣。

走著走著，她蹲在轉角處，小腹一陣疼痛，心裡也難受得厲害。

這個時候身邊傳來腳步聲，劉雅婷抬頭看，居然是許昕朵。

許昕朵一直知道劉雅婷和自己同病相憐，都有經痛的毛病，看到劉雅婷嘴唇發白地蹲在角落處，手還按著肚子也就了然了。

她跟著蹲在劉雅婷身邊問：「肚子疼了？」

劉雅婷不太能接受許昕朵，於是扭過頭不理她。

許昕朵伸手，握住劉雅婷的小腿，幫她按三陰交穴，按一按能緩解一些疼痛。

劉雅婷看著許昕朵的舉動愣了一下，接著伸手推開許昕朵：「妳幹什麼啊？」

「這樣能緩解一些。」

劉雅婷受不了許昕朵這樣私自跟她親近，於是問許昕朵：「喂，妳不知道我要找妳麻煩嗎？」

「嗯，正常，這次的事情確實是因我而起。」

最開始和印少疏結梁子是因為她，這一次再次出問題，也是因為她，這一點她承認。

劉雅婷忍不住問她：「妳還挺驕傲啊！」

許昕朵伸手繼續幫劉雅婷按穴位：「要不要吃藥，我包裡有。」

「不用！我自己有。」劉雅婷拿來自己的包，取出來給許昕朵看。

「吃吧，別忍著。」

劉雅婷看著藥遲疑了一下，意識到自己沒有水。

許昕朵懂了，起身說道：「我去買，妳繼續按我剛才幫妳按的穴道就可以了。」

劉雅婷蹲在角落看著許昕朵離開，忍不住嘟囔：「這個人怎麼回事……」

過了一下子，許昕朵送來一杯溫水，還有一杯奶茶：「跟飲料店只買熱水他們不賣，我就順便買了一杯奶茶，熱的，妳先吃藥，等一下再喝奶茶。」

劉雅婷沒說話，只是蹲在原處。

許昕朵也沒特地停留，把東西放在劉雅婷跟前就離開了。

劉雅婷插上吸管喝熱水，將藥吃了之後，挪了一下位置去看許昕朵離開的背影。許昕朵似乎又去教務處附近了，應該是去等童延的。

她喝了兩口熱水，蹙眉低頭看自己的小腿。

她記得，兩年前她剛來月經，每次來都是驚天動地的疼，她還聽信謠言，說止痛藥不能多吃會有依賴性，於是自己忍著。

一次疼得暈過去，依稀間看到童延朝著她跑過來，抱著她去了醫務室。

醒來的時候，童延幫她揉這個穴道。

算了不管了。

童延這個大傻子，喜歡上一個惹禍精，你們互相折磨去吧，她不管了！

劉雅婷氣鼓鼓地又喝了一口熱水。

許昕朵之前就注意到劉雅婷過來又走了，於是追了過去，幫了忙之後還是要去關心童延的情況。

童延和印少疏被請家長了，許昕朵再過來的時候，看到了尹嫿和印少臣。

尹嫿和童延說話的時候，目光一掃，看向許昕朵，嚇得許昕朵下意識咬了咬指甲，接著快速放下手朝一根柱子走過去，躲在柱子後面。

這兩位進了教務處的辦公室，童延他們跟著到門口或者窗戶下面偷聽，聽了一陣子後童延朝著許昕朵擺手，嘴型在說：「跑跑跑。」

印少疏注意到童延的舉動了，對著教務處裡面喊：「她就在那邊呢。」

許昕朵知道這是要把事情引到她身上了，她現在的情況還不方便被請家長，趕緊跑了。

印少疏看到許昕朵跑得那麼快都急了，指著許昕朵就說：「她跑了，我去追她？」

屋子裡傳來印少臣冷冰冰的聲音：「你給我滾回來！」

印少疏立即站好。

許昕朵上了那輛騷氣的保時捷，乘坐車子回家，路上還收到德雨的訊息：『我失業了？』

德雨：『我早上到妳那裡，才發現我失業了。』

許昕朵這才想起德雨來，於是抬頭問現在的司機：「你好，請問你是專職司機嗎？」

「不，我是公司的司機，被臨時派過來的。」

「還有本職工作？」

「對，時不時去機場接人。」

許昕朵低頭傳訊息給德雨：『我晚上問一問，妳過來我這裡開別的車，行嗎？』

德雨：『行，反正我現在是無業遊民，妳能讓我無縫銜接也好，薪水照舊就行。』

許昕朵：『方便問一下，之前的薪水是多少嗎？』

德雨：『一個月八千，油費你們出。』

許昕朵看到這個薪水震驚了，她突然想跟童延借一輛摩托車，每天騎摩托車上學放學。只是馬上要冬天了，恐怕會有點冷。

許昕朵回到家裡，想著自己手裡還有的錢，再想想獎金，陷入對未來的迷茫中。

晚上七點多，童延才大咧咧地打電話給許昕朵，問：『吃飯了沒？』

「還沒有，我忘記了，反正家裡零食多……你那邊怎麼樣？」

『不是，許昕朵，自己什麼腸胃心裡沒數嗎？就這樣妳還餓肚子，妳是想自殺是不是？好啊，來個痛快點的，吞刀片多好啊？我幫妳帶點美工刀刀片，細膩潤滑好吞。』

許昕朵的氣勢又弱了：「我現在去吃。」

『好了，妳別動了，我在餐廳呢打包帶過去給妳，妳等著就行。』

掛斷電話，許昕朵才發現自己忘記吃晚飯。

她在童延過來之前，把廚房、餐廳這些地方給收拾了，童延走進房子後看到許昕朵迎過來不理她，白了許昕朵一眼，繞過她直接進了餐廳。

他進去之後把外帶放在桌面上，打開盒子，隨後掰開筷子放在許昕朵的面前，繼續罵人：「許昕朵，妳最近真的越來越有主意了，目中無人了。」

許昕朵老老實實地吃飯，表現出特別乖的樣子。

童延看許昕朵還挺聽話的，揚起嘴角笑了一下，這才坐在許昕朵對面跟著吃飯。

坐下後，他說了中午的事情：「我跟印少疏打了一架，印家以前出過事，從小就培養家裡的人防止他們被綁架，印少疏的身手也挺好的，所以我們打成平手。妳能把印少疏捆住，絕對是因為弄得他措手不及。」

「你有受傷嗎？」

許昕朵很雙標，她在穆家吃飯的時候不想理人，但是和童延一起吃飯就會跟童延聊天。

童延站起身，挽起袖子給許昕朵看自己的手臂，那裡有青紫的痕跡，接著掀起襯衫，給她看前胸後背：「我傷了這些地方，反正他也沒討到好。」

許昕朵吃了一口飯說道：「我看到他就氣。」

「上次的事情我也搞明白了。」童延坐下繼續吃飯，說道，「上次印少疏為難那個女生，是因為那個女生做了一些事。」

許昕朵停住吃飯的動作，看向童延。

童延繼續跟許昕朵說。

事情大致是這樣的：印少疏會照顧學校附近的小野貓，時不時會帶點吃的東西給小野貓。

結果有一天，他看到了小野貓的屍體，還特別殘忍的被人剃了毛，捆住了身體，丟在外面淋雨死了。

他後來知道是誰幹的，就去找那個女生。

那個女生，因為男朋友被小三搶了，那個小三也喜歡餵那些小貓，就去虐貓。

當時許昕朵看到的只是印少疏要拉著女生，把女生扔進水池裡，那個畫面許昕朵想要出手阻攔也是自然的。

結果印少疏當時氣得不輕，說話和回應十分偏激，導致印少疏和許昕朵打了起來。

許昕朵聽完心裡一陣難受：「那是不是我錯怪他了？」

「也不算，妳只是阻攔了他以暴制暴，妳本身做得沒有錯。而且，今天也確實是他挑釁妳。」

「請家長呢？」

「我媽妳還不知道嗎？她那演技，我的天啊，我都覺得她要跟我斷絕母子關係了，出來之後問我想吃什麼，還問我疼不疼，抱怨印少疏真討厭，惹我生氣。」

許昕朵想了想後問他：「我看到印少臣也來了。」

「印少臣本來跟本家關係就不好，這幾年印家實在沒有其他合適的人了，才開始逐漸接手產業。今天也是被印少疏煩著過來的，過來了也沒太護著印少疏，印家都知道印少疏是什麼脾氣。」

「學校會給你們處分嗎？」

「不會，我們兩家一起捐了棟大樓。」

「……」

許昕朵的心情更複雜了……打一架，結果……賠了一棟大樓？

童延看到許昕朵的表情就笑了，在桌子下面用腳輕輕的碰她的小腿：「妳這是什麼表情，我們捐大樓也是為了學校能對我好一點，妳不用這樣。」

許昕朵嘆氣：「你打架我不擔心，你總是打。但是打架還賠錢，我就捨不得。」

童延問道：「妳是捨得我，但是捨不得錢？」

「嗯。」

童延突然覺得飯不好吃了。

他覺得這朋友沒辦法當了。

許昕朵繼續跟童延說：「我這邊還在猶豫要不要繼續用那個專職司機呢，一個月薪水要八千。結果一扭頭，這邊是一棟大樓！」

「司機啊，確實應該雇一個，公司的司機不能總過來。八千挺便宜的，我們公司的司機月收入三萬，還有各種福利，都怕人家跳槽。」

「那麼多？」

「對，我們公司的司機都會四門語言，接外賓都不在話下。每次都不用專門派負責人去接人，司機就能全程負責了。」

許昕朵突然覺得活著太難了：「我……僱不起。」

童延伸手拿許昕朵的手機，找到聯絡人裡的德雨，把德雨的連絡資訊傳送給自己，接著對許昕朵說道：「薪水我付。」

許昕朵沒拒絕，她是真的付不起。

童延從錢包裡拿出一張卡來，放在餐桌桌面上：「我的副卡，妳缺錢了從這裡刷就行了。」

許昕朵拿過卡之後語氣幽幽地問：「我現在算是被你包養了嗎？」

童延拿起筷子繼續吃飯：「別噁心我啊，要養也養一個聽話的，誰養妳這種收拾我的？」

許昕朵收了卡，沒有矯情，不然她最近都沒辦法生活。

她再次跟童延開口說道：「奶奶過一陣子再接過來，等我這邊穩定一些。過年的時候吧，我們一起過年。」

「好。」

等吃完飯，童延準備離開，結果被許昕朵留下了。

她拿來了一盒藥膏，從裡面挖出一塊，塗在童延手臂的青紫處，幫童延揉：「忍著點，這個藥膏能讓瘀青恢復快一點，有活血的作用。你回家之後先冷敷，過兩天熱敷。」

童延剛才還挺帥的，被她揉傷口的時候連連躲閃，結果被許昕朵抓了回去。

許昕朵又挖了一塊，說道：「把衣服掀起來。」

童延只能聽話地把襯衫掀起來，接著許昕朵幫他往身上塗藥膏，同時還按壓他的骨頭，詢問：「疼不疼？」

「沒事啊，我又不是第一次打架，心裡有數。」童延低頭看著她，稍微有點不自在。

她的指尖很涼，手掌也很涼。

被她觸碰到，童延覺得不自然，畢竟是同年齡的女生，就算多熟悉也是異性，他還自己掀著衣服是不是有點不矜持？

算了算了，是許昕朵又不是別人，許昕朵用他身體洗過多少次澡了，早晨反應都見過好幾次了，矯情什麼？

幫童延塗藥的時候，許昕朵算是懂了婁栩的心情了。

看到帥哥真的會心情愉悅。

至少她看到童延的身體挺愉悅的。

♫

童延和德雨取得聯繫，之後德雨會過來幫許昕朵開車。依舊是平日裡的司機工作，還可以幫許昕朵跑跑腿，比如需要買東西什麼了，就可以讓德雨去買。

或者辦理一些不需要許昕朵出面的業務，德雨也可以去。

是司機，也算是一個生活小助理。

現在許昕朵對德雨還不是完全信任，所以家裡住在幾樓並未告訴德雨。德雨也沒問，大大咧咧的感嘆，最近的車都不錯。

還跟許昕朵介紹同樣是保時捷，九一一和 Cayenne 有什麼區別，再跟許昕朵解說這輛車的配備等等，聊了一路。

許昕朵進入考場，進去後往印少疏的桌面放了一杯飲料。

印少疏坐在考場裡正不爽呢，結果看到飲料詫異了，指著飲料問許昕朵：「什麼意思？」

「賠禮道歉，之前是我錯怪你了。」

「哈？妳覺得我是會喝飲料的人嗎？」

許昕朵不管，從包裡掏出藥膏丟給印少疏，說道：「傷口塗這個藥膏吧，很好用。」

印少疏拿著藥膏看了看，問：「建議零售價三點八元？」

「這個藥膏好用！」

印少疏擰開蓋子看了看：「還他媽是剩了一半的？」

「你事怎麼那麼多呢？」許昕朵不爽了。

印少疏看了看許昕朵，再看了看藥膏，將信將疑地將藥膏往手指上的青腫位置塗了點。

之後就沒有再塗了，隨手放進口袋裡。

開始考試後，印少疏堅持了整整二十分鐘，才插上吸管開始喝飲料，沒多久就把那一杯喝完了。

他的手指有點腫，寫字不舒服，所以今天乾脆只寫了名字。

似乎是覺得這個藥膏真的好用，後半段時間掀起衣服開始往身上塗藥膏。

許昕朵寫完考卷，正在檢查，翻過卷子的時候注意到身邊人的動作，扭頭看了一眼，剛巧看到印少疏的腹肌。

小屁孩還挺有料的。

許昕朵又想起昨天晚上童延的身材，那才是真的賞心悅目，不由得揚起嘴角，繼續檢查卷子。

寫完考卷，許昕朵靜靜地坐了一陣子。

考試有強制留在考場的時間，時間到了才可以交卷。

她等到過了強制時間後立即交卷，拿走手機出考場，站在欄杆邊無聊發呆的時候，印少疏走了出來，站在她身邊跟著發呆。

許昕朵看著印少疏，問：「怎麼？」

印少疏手臂前伸搭在欄杆上，身體往欄杆上一掛：「不想待在教室裡。」

「身上疼，不想多走動。」印少疏說著，把自己的飯卡給了許昕朵，「幫我買杯飲料，跟剛才那個一樣的就行。」

「那你去別的地方。」

許昕朵對印少疏多少有點愧疚，想了想後還是幫印少疏跑腿了。

到了飲料店排隊的時候，她居然遇到穆傾瑤和路仁迦她們。

許昕朵沒理會，繼續排隊，婁栩狂奔過來的時候還在問：「朵朵！妳考得怎麼樣啊？」

「還挺好的。」

穆傾瑤居然還能硬跟許昕朵搭話，溫聲細語地問：「妳也參加我們的考試了？」

許昕朵含糊地應了一聲：「嗯。」

路仁迦之前因為許昕朵丟了臉，被人嘲笑了好幾天，如今正氣不過呢，忍不住嘟囔：「就她那種一缸子不滿半缸子晃蕩的水準，能好成什麼樣？」

婁栩對路仁迦吐舌頭：「妳是不是答題都選A啊？妳不是最喜歡A嗎？」

路仁迦因為用高仿A貨，如今人送外號A姐，婁栩故意嘲諷。

路仁迦氣到不行。

許昕朵刷卡結帳的時候，看到餘額震驚了。

婁栩看到餘額也跟著問許昕朵：「這是童延的卡？」

誰沒事閒著往飯卡裡儲值十幾萬啊？神經病啊？

「印少疏的。」許昕朵回答完，又刷卡結帳自己的烏龍茶，她的卡裡只有四百多塊錢。

婁栩奇怪得不行：「妳昨天不是和印少疏吵架嗎？」

「賠禮道歉唄，唉。」許昕朵回答完，指了指考場說道，「我的考場離得遠，先走了。」

「嗯，拜拜。」婁栩跟許昕朵道別。

♫

為期兩天的考試結束後，許昕朵開始到處打卡的生涯。

學校興趣班都有比賽，比賽贏了之後有獎金。但是想要參加比賽，在此之前最起碼得在這個班級上過一節課。

興趣班的課程是進入教室後用學生卡或者手機ＡＰＰ畫位，按節收費，每門課程的價格都不一樣，主要是看上課的成本，還有邀請來的老師等級等等。

為此，許昕朵要先計算成本，再看看得到獎金合不合適，沒有把握的就不參加了。

最誇張的一次是刷卡進入一個教室後，上了十分鐘後就蹺課了，接著刷卡去下一個課，為的就是有參賽資格。

奢侈！

真奢侈！

只消費，卻不上課，這對於勤儉持家的許昕朵來說簡直奢侈死了，她坐在第二個興趣班的課堂裡，心裡默默流淚。

一節課一百多塊呢……

這種趕場子一樣的生活持續了兩天後，普通班的成績下來了。

學校會將成績單公布在ＡＰＰ上。

這對於成績不太好的學生來說，無疑是一種公開示眾。

全校前五十名的學生，成績單會公布大榜，還會公布每個班級的排名。一般來講，年級前五十名的學生全部都是火箭班的學生，因為火箭班只收五十名學生，就是前五十名。

只要考試成績掉到了五十一名，便會立即被踢出火箭班，進入前五十名的那個人則會頂替上來。

在嘉華國際學校的普通班，能夠進入火箭班無疑是一種榮耀，畢竟只有成績好的學生才能進去。

最後幾名時常出現變動，班級成員不太穩定。

但是，前面幾名從來沒有出現過太大的變動。

這次卻出現了意外。

火箭班教室內，很多人都在更新成績，出了榜單後大家互相提醒：「出來了！」

「傳上來了！我看看我這次多少分。」

「什麼情況？」

「開玩笑的吧？」

「這種情況已經三年沒有發生了吧！我以為三年前的柴美涔和張濡丞只是傳說！」

穆傾亦一向是不關心成績的，此時在認認真真地看書。

邵清和趴在桌上，拿著手機跟著打開APP成績公布欄，找到高二那一欄。打開總榜後看到成績單，突然輕笑出聲。

本就是溫和的人，笑容在頰邊漾開，又多了幾分溫潤。

穆傾亦看了他一眼，覺得很奇怪，卻沒說話。

邵清和把成績單給穆傾亦看：「你看看第一是誰。」

穆傾亦伸手拿來手機，放大圖片後看到成績單。

普通班總成績七百五十分。

第一名 許昕朵 國際四班 七百三十四分

第二名 穆傾亦 高二火箭班 七百二十八分

第三名 邵清和 高二火箭班 七百一十六分

第十七名 穆傾瑤 高二火箭班 六百八十四分

第三十五名 婁栩 高二火箭班 六百三十五分

第四十七名 李辛檸 高二火箭班 五百九十一分

邵清和依舊趴在桌子上，語氣不急不緩，溫聲說道：「我們朵朵妹妹總會給人驚喜。」

穆傾亦：「……」

邵清和拍了拍穆傾亦的肩膀：「我覺得朵朵妹妹會比你多點卷面分，她的字非常好看，國文老師會非常喜歡。你的字也不錯，但是太連筆了，適合考醫學院。」

穆傾亦正在看的時候，教室另外一邊吵了起來。

這一次的題目很難，就算是火箭班也考得十分慘烈，之前他們覺得他們都答得不太好，別的班就更不行了。

當然，也有開始忐忑擔心的。

最後成績出來，的確出現了分數斷層的情況，分數差距巨大，和他們之前的風格不符。要知道，之前火箭班的學生成績都咬得很緊。

然而真正吵起來的原因是路仁迦這次考到了五十名外，即將離開火箭班，到普通班去。

火箭班的規矩就是只收前五十名的學生，許昕朵占了一個名額，就會讓火箭班出現班級裡只有四十九名學生的情況。

加之這次路仁迦被事情分了心，確實考得不行，總成績在普通班一班只能排在第五。

有人看到成績後開始嘲諷：「A姐，妳怎麼回事啊，以前不是說許昕朵成績不好嗎？妳連補習班墊底的同學都考不過是不是？」

「何止啊，不是一群人聚一起說許昕朵成績不好，是農村過來的，跟不上進度。」

「還有人擔心童延被許昕朵帶壞呢，連亦亦都沒考過她，有什麼資格擔心呢……」

路仁迦氣得不得，直接嚷嚷起來：「不會說話就閉嘴，她在補習班的成績確實不行。」

有人舉起手機問：「這叫不行？」

路仁迦回答不上來了。

「戴的錶是A貨仿人家的，還被人家擠出火箭班了，唉……」

路仁迦徹底瘋了，直接去拽那個人的頭髮，打了起來。

婁栩只要能考進前五十名，留在火箭班繼續欣賞穆傾亦和邵清和的盛世美顏，就能心滿意足了。

此時看到成績單倒是不會像李辛檸那樣趴在桌面上哭，嚷嚷著自己從來就沒考過五百多分這麼低的成績。

她很開心，她排在中游呢，好吧，中下游，但是很穩啊！

她拿出手機偷偷的錄影片，把路仁迦打架的樣子，還有李辛檸痛哭的樣子拍了下來。

接著偷偷拍了在說悄悄話的邵清和穆傾亦，順便帶了一下失魂落魄的穆傾瑤，把影片傳給許昕朵。

許昕朵很快回覆她：『原來火箭班這麼熱鬧？』

婁栩：『路仁迦要滾出火箭班了，所以才暴跳如雷的。』

許昕朵：『為什麼？』

婁栩跟許昕朵解釋了火箭班的規則，許昕朵震驚了，乾脆傳語音訊息：『火箭班有學費減免？前十名學費全免？興趣班免不免？』

婁栩很意外，因為許昕朵一向是挺冷淡的一個人，難得聽到她這麼興奮的語氣，還是耐心打字回覆：『免啊！全免！只要保持一學期前十名，所有學費全免！』

許昕朵：『（很讚.gif）。』

不遠處路仁迦還在打架，按照穆傾瑤和路仁迦關係好的程度，穆傾瑤應該拉架才對，但是她沒有動。

最近穆傾瑤也覺得這個朋友有點丟人，和路仁迦在一起會讓她覺得自己也在跟著丟人。

正好路仁迦要離開火箭班了，這個朋友不要也罷。

穆傾瑤看著成績單，也是久久不能平靜。

她想過，許昕朵是從鄉下來的，肯定會很小家子氣，言行舉止不得體，成績也不行。

然而現在看來，許昕朵就算是在鄉下，也足夠優秀。

穆家的基因有穆傾亦這樣的，自然也會有許昕朵這樣的……

一樣一樣的被比下去。

為什麼許昕朵明明離開這家了，她還是輕鬆不下來。

就好像身後站了一個巨大的鬼怪，隨手都有可能張牙舞爪地朝她撲過來。

第十二章　我瞭解你

國際班內。

剛下課眾人就聽到童延朝著許昕朵的背影一聲吼：「妳給我站住！」

許昕朵回頭看了童延一眼，擺了擺手：「我意已決！」

說完繼續朝著教室外面走。

童延立即追出去，拉許昕朵的手腕，問她：「妳去火箭班幹什麼啊？去那裡面對噁心兄妹，妳不覺得彆扭嗎？有好好的地方妳不待，非得去癩蛤蟆窩裡？」

「只有固定課程和他們一起，走班制的時候大家都分開了。」

「那個班級氣氛不行！」

「可是免學費啊！」

「那個班沒有我護著妳。」

「我不用你護著啊，火箭班那群小學霸惹我都要掂量掂量吧？」

童延不樂意！

童延不高興！

他家小嬌花居然要轉去火箭班，只因為火箭班有學費減免。

他生氣是因為許昕朵永遠覺得錢比他重要。

嘉華國際學校的國際班本來就比普通班收費高，畢竟國際班基本上全部是外籍教師，外籍教師的費用本身就要高一些。

加之國際班經常會放電影，且有國際交流的機會，設備費用、交換生費用等等都很高。

火箭班前十名的優惠太大了，許昕朵才知道穆傾亦之前當交換生，全程都是免費的，還包吃包住，多好啊！

學費減免的誘惑力很大。

許昕朵聽說前十名學費全免後激動到不行，上課的時候都快坐不住了，是被童延按在座位上的。

一下課，許昕朵就準備去找老師申請轉班，她要去火箭班，她不想交學費了，她要為嘉華國際學校的升學率做出貢獻！

童延不樂意，拉著許昕朵不讓她走。

許昕朵特別不解，問他：「你幹什麼啊？」

「妳的學費我出！」

「能省一點是一點，在哪上課不是一樣？」許昕朵說這句話的時候非常有底氣，她之前那些年，就是一邊學普通班的課程，一邊學國際班的課程，兩邊都是第一。

對於她來說這些課程都很簡單啊，肯定要去免學費的地方！

走廊裡不少學生都在看著許昕朵和童延拉扯的畫面。

之前不少人都看到ＡＰＰ上的成績了，論壇還有了幾篇文章，不過熱度不大，大家對於這種被打臉的事情熱情都不高。

恐怕許昕朵考得不好了，出了文章熱度才會高。

此時許昕朵出現在走廊上，童延還一直拉著許昕朵不讓她走，很多人產生了好奇，假裝不經意地圍觀。

「火箭班沒有我！」童延說道。

許昕朵依舊不解，覺得童延阻攔了她省錢的路，一邊拉著童延走，一邊回答：「可是都是同一所學校。」

童延用力扯著許昕朵，被許昕朵拖拽著在地面上滑行：「不行！」

「為什麼啊？」

「我……我想和妳當隔壁桌，我離不開妳，妳不許走！」

「……」

許昕朵停下腳步，無奈地看著童延。

她不怕千軍萬馬的阻擋，就怕童延突然撒嬌。

要命……她還拒絕不了。

旁觀眾人：瞎了老子狗眼。

圍觀群眾裡還有童延的迷妹，此時瞬間心灰意冷。

在許昕朵來了之後，童延的人設每天都在崩。

之前魏嵐說是他在追許昕朵，不是童延。好，她們信了，現在怎麼解釋？

童延在生日會帶走許昕朵，可以說是故意去搗亂。

幫許昕朵寫作業，可以說是同學之間團結友愛。

許昕朵讓他擦桌子他就擦，可以說是團結合作。

上次童延為了許昕朵打架，這算什麼？只能說衝冠一怒為紅顏。

現在……看不下去了，散了吧，童延已經不是曾經的童延了。

他不高冷了，他不是冒著仙氣的了，他再也不是高不可攀的了。

或者說，他只對許昕朵不高冷！

穆傾亦他不帥嗎？邵清和他不香嗎？同樣是得不到的美少年，沒必要在童延身上吊死！

童延看許昕朵停下了，走過去俯下身，扛起許昕朵就把她扛回國際四班。接著將她放在自己的椅子上，搬來椅子擋著許昕朵能離開的路，跟許昕朵講道理：「我們即將是成年人了，要對自己的行為負責，妳這樣做的後果是什麼妳知道嗎？」

「是什麼？」

「後果就是妳延哥會不高興！」

「……」

他跟許昕朵掰著手指算：「妳去火箭班能省多少？」

「挺多的。」

「妳去了火箭班，傷了我，我就斷妳財路，妳損失多少？」

「……」更多了。

童延打了一個響指，問許昕朵：「是不是不想去火箭班了？」

許昕朵卻問：「那你就忍心看我趕場子一樣的去參加比賽？」

「妳去了火箭班能不參加比賽？」

「也……會參加。」

「妳看，妳還是得留下來。」

許昕朵現在終於體會到，什麼叫吃人嘴短，拿人手短了。

這就叫寄人籬下，這就是依附關係。

她頹然地趴在桌面上，小聲嘟囔：「啊……朵爺也不高興了……」

童延跟著趴在桌面上，兩個人面對面看著對方，他跟著說道：「那一起不高興吧。」

兩個人是隔壁桌，這樣面對面趴著能夠看著對方。

許昕朵白了童延一眼，童延卻在笑，眼眸彎彎的。

♫

下午，有桌球比賽。

許昕朵之前就刷過課了，今天直接去參加比賽。

童延和魏嵐、蘇威他們又被叫去教務處，逼他們寫檢討書，寫完了才能去看許昕朵比賽。

沒想到他們剛過去，就看到許昕朵一邊穿毛衣校服外套，一邊朝外面狂奔。

童延先是一愣，接著跟著許昕朵追著她問：「怎麼了？妳又惹事了？」

魏嵐和蘇威也不明所以，跟著狂奔，跑著跑著就發現婁栩居然也捧著相機跟著「吭哧吭哧」的跑，跑得頗為努力。

許昕朵跑得特別急，回頭回答：「網球比賽還有三分鐘就開始了！」

童延一陣崩潰：「妳的比賽怎麼排這麼滿？」

「我窮啊！」許昕朵回答得理直氣壯。

桌球比賽是在室內體育館內辦的，許昕朵比賽結束後，還要連著去參加網球比賽，網球比賽是在室外操場，有專門的網球場地。

許昕朵跑到之後立即到老師面前登記，之後跟著其他的選手一起抽籤。

童延他們終於跑到了場地邊，過來看比賽的人只能在圍欄外面，幾個人站在一起喘氣。

婁栩的體力不及他們，崩潰的靠著圍欄仰天長嘯。

魏嵐看著她問：「妳這是幹什麼？」

婁栩舉著相機回答：「不是聽說朵朵有比賽嘛，我特地帶來了相機拍照。」

童延看著婁栩問：「剛才的比賽妳看了？她表現得怎麼樣？」

婁栩提起這個就興奮起來：「惡魔級別的，全程碾壓，我看到都同情起她的對手了。這簡直就是奧運冠軍去欺負小公園打乒乓球健身的老奶奶。第一，非常標準的第一，毫無懸念三千塊獎金到手了。」

魏嵐突然有點遺憾：「可惜了，沒看到我們朵爺欺負小朋友的英姿。」

婁栩恢復過來後看著場內問：「朵朵剛剛比賽完，還跑了一路，體力不行了吧？」

童延也有點擔心，這個比賽是在室外，這種天氣下，許昕朵的身體不能穿短袖、短褲。她只能穿著運動褲，外面套著運動服外套，本來就多了一層負擔。

加上之前有桌球比賽，體力消耗很大，對她之後的比賽非常不利。

許昕朵真的有點太拚了。

這個時候許昕朵拿號碼給他們看：「下一場我就上場了。」

許昕朵來的時候男生組已經比完了，許昕朵她們的比賽很快就要開始了。

童延蹙眉看著許昕朵說道：「太累了隨便拿個前五就好了，第五也有五百元獎金。」

這話極為囂張，前五還是隨便嗎？

但是知道許昕朵逆天能力的幾個人，都不覺得這句話有問題。

許昕朵拿著網球拍，把棍子伸出圍欄空隙去戳童延：「你朵爺什麼時候拿過第二？」

童延躲開，無奈地嘆了一口氣：「別太累了。」

「我知道。」

嘉華國際學校的很多設計，都是跟國際接軌的。

像網球就是留學比較認可的項目，學校對網球也頗為重視，網球是學校內頗受關注的項目，甚至有趕超籃球、足球的趨勢。

學校內的室外網球場選擇的是紅土場地，法國網球公開賽用的就是這種場地。

許昕朵對網球也有瞭解，知曉場地對網球的影響。

學校內有室內場地，室內是硬場地，是水泥瀝青這些材料鋪的，塗上塑膠層。硬場地會使球的反彈更快，彈跳也更有規律一些。

紅土場地呢，表面是粗糙的，不像硬場地那麼平整，造成球與地面的摩擦力更大，球速會慢一些。

還有就是打網球的時候，急停急回有很大的滑動空間，這也使得要在紅土場地打得好，需要體力優秀才可以。

現在的許昕朵，差的就是體力。

如果是室內場地的話，許昕朵可以換一套衣服，體力方面也更舒適一些。

她是攻擊性較強的類型，在硬場地更具有爆發力。

比賽場地對許昕朵無疑是不利的。

不過為了獎金，此時的許昕朵別無選擇，只能應戰。

印少疏剛比完男子組的網球，拿了第一名出來。他夾著網球拍，身上披著運動服外套，走到圍欄邊朝裡面看，距離童延他們只有五公尺左右的距離。

童延扭頭與印少疏對視，氣氛降至冰點。

接著，穆傾亦和邵清和也結伴來了，站在不遠處一起等著看比賽，引得童延翻白眼。

這麼幾個人聚集在一起，很快引來了一群人。

有些人是看比賽的。

有些單純是看人的。

婁栩拿著相機，想給這幾個男生合個影……

♫

第一輪比賽正在進行的時候，許昕朵還在選球拍，她嫌棄之前隨手拿來的球拍不太合適。學校會提供球拍，不過誰都能用，都是舊的，也不算多好的，有些吸汗帶都鬆了。

像印少疏這種總打網球的，球拍都是自帶的，用起來更順手，也更舒服。

許昕朵比賽前現場選球拍，就跟來湊數玩似的，引得印少疏直撇嘴。

球拍的選擇主要是拍面和拍把、重量、球拍長度這些。

長期打網球的選手，會有自己習慣的拍面，比如大拍面不容易打空，但是影響速度。

還有拍把，太細了抓不牢，對方的重球也容易將球拍打翻。

許昕朵拿起球拍掂量了一下，接著觀察拍面，突然聽到印少疏說道：「妳選輕頭拍，好控制。」

許昕朵拿了一個球拍正在掂量，還搖了搖頭：「輕頭拍容易出現網球臂。」

「妳可真是重在參與。」

許昕朵選完之後，轉身看向圍欄外，看到看比賽的人不由得身體一陣詫異。

怎麼這麼多人？

嘉華國際學校的網球還挺出名的，經常參加全國比賽，甚至是國際比賽，學校內看網球的人也多。

不過她剛才趕過來的時候，注意到不少人正要離開，畢竟一部分人只想看男子組比賽，男子組離開，他們也就走了。

怎麼突然又這麼多人了？就算此時是興趣班時間，有人選擇不去上，人數也不太合理。

接著她就看到穆傾亦和邵清和也在。

穆傾亦抿著嘴唇，依舊是平日裡那副傲不可攀的模樣，只有邵清和微笑著跟她擺了擺手。

許昕朵對邵清和點頭示意，接著站在一旁看比賽，同時做熱身運動，等待上場。

許昕朵上場後，印少疏歪著頭看許昕朵握球拍的方式，是東方式的握拍方法，這種方法適合初學者。

像他平時常用的握拍方法是半西方式的，這樣的握拍方法方便發力，且有助於旋轉。

常態拿球拍的方式，偏向於最常用的握拍方法，因此，印少疏覺得許昕朵八成是個新手。

他打算看許昕朵輸了，就離開。

結果比賽開始後，許昕朵變了一種狀態，她習慣的風格是攻擊型，又狠又猛。

這一次她知道自己的體力沒有優勢，所以改變了策略。

開場對方發球局，許昕朵選擇的策略是先兜住，控制住對方的球，讓對方在發球局無法構成發球威脅。

先讓對方亂了陣腳，接著一個輕飄飄的小球，得分。

很快對方就發現了許昕朵打球時的小心機，許昕朵回擊的時候力道是不同的。

力道重了，容易在還擊後讓球到界限以外，力道輕了容易翻拍。

許昕朵在打球的時候，甚至有戲耍對手的嫌疑，讓對手捉摸不透她的套路。

本來要走的印少疏居然留下了，看了一陣子。前期還挺沉默的，後來突然感嘆了一句：「這個接發球的角度厲害了，直接壓在邊線上，還真有兩下子。」

他誇的是許昕朵。

他是學校網球隊的，對學校裡那些學生的水準都瞭解，所以沒什麼興趣看其他人比賽。

這還是難得能有讓他誇出口的人。

許昕朵對發力的掌握非常好，且是一個聰明的選手，她會盯著對方看，接著將球打向對手預判的反方向，對手的身體完全沒有轉過來，許昕朵已經得分了。

她的線路變化也要比對手強出很多來，導致這場比賽後期基本就是單方面的碾壓。

比賽是三局兩勝制，許昕朵連贏兩局拿下比賽。

下場後許昕朵將球拍放在旁邊，接著朝著圍欄旁的童延走過去，說道：「童延，我出汗了。」

一句話而已童延就懂了，脫掉自己的校服外套，朝著圍欄上方丟過去。

許昕朵在場地內接住之後將童延的外套套在自己的身上，接著懶洋洋地朝著場外走。

這一幕不少來看比賽的人都看到了。

穆傾亦看了之後收回目光，注意到邵清和在笑，知道邵清和大概又想到了什麼狗血的戲碼，不由得一陣無奈。

比賽是淘汰制，她比完這一場就可以了，今天沒有比賽了。

桌球之前已經比過幾場了，今天是總決賽。

網球今天是預選賽，兩者結合的一天，讓許昕朵有些狼狽。

好在，這一場的對手很弱。

至少在許昕朵看來很弱。

許昕朵比完賽，印少疏就夾著網球拍回教室了。

穆傾亦和邵清和也是過來看許昕朵比賽的，看完之後也離開了。

這邊許昕朵跟童延、婁栩他們匯合後，也沒有多留，準備回教室。

童延拿出紙巾，幫許昕朵擦了擦額頭的汗，問她：「要不然就別參加了，妳的身體情況參加室外比賽跟作死似的，容易感冒。」

許昕朵看似十項全能，其實身體底子差，免疫力也差，年年感冒落不下她，他代替她生病就替了不知道多少次。

這種體格參加這種比賽，確實有點勉強。

許昕朵搖了搖頭：「能拿到點獎金是一點。」

童延有點無奈，卻也不能說什麼。

♫

穆家。

穆傾亦和穆傾瑤並肩坐在餐桌前，明明坐在一起，卻一言不發。就在半年前，兩個人之間的關係還不是這樣。

穆母也注意到這種情況，心裡難受，卻不知道該說什麼好。

穆父是最後進入餐廳的，進來之後坐下，看著許昕朵空出來的椅子面色一沉，說道：「她的椅子撤掉，既然離開這個家了，就沒必要留位子給她。」

穆母推了推穆父的手臂，示意他別說這種話，每次穆傾亦聽到都會面露不悅。

穆父也是生氣，許昕朵居然說走就走了。他打算直接斷了許昕朵的零用錢，等許昕朵在外面過不下去了，也就回來了。

穆母卻擔心到不行，許昕朵一個女孩子在外面總歸是不安全。萬一許昕朵為了錢誤入歧途怎麼辦？尤其是許昕朵長得漂亮，就更多了些擔心。

穆母想讓穆傾亦勸許昕朵回來，但是穆傾亦不答應，說丟不起那個人。他看得出來，許昕朵現在的狀態巴不得穆家人放過她，就當不認識她。

穆傾瑤更是說自己向來不被許昕朵喜歡，她去勸了反而適得其反。

穆母想著，過幾天她要去學校找許昕朵，她到底是穆家的女兒，必須回來住。

穆父在吃飯前問道：「考試成績出來了吧，你們這次考得怎麼樣？」

提起這個穆傾瑤的臉色一沉，扭頭偷偷看了穆傾亦一眼，回答道：「考得還可以，沒有進步，也沒有退步。」

穆父說道：「嗯，妳的成績我不太擔心，不過還是有進步空間的，哪天能趕上妳哥哥就可以了。」

穆父提起這件事情終於開心了一些，旁人都說他的孩子優秀，穆傾亦自然是不用說，品學兼優。穆傾瑤也是讀書和鋼琴等方面樣樣出挑，在圈子裡都是出名的好孩子。

穆父又問穆傾亦：「小亦這次又是第一名吧？」

「是第二名。」穆傾亦冷淡地回答。

穆父有點意外：「欸？清和超過你了？」

「不是，第一名是許昕朵。」

餐廳裡突然一靜。

穆傾瑤其實不太想讓家裡知道這件事情，她之前回答得也含糊。結果穆傾亦還是說出來了，她只能悶頭繼續吃飯。

她不想去看父母，非常討厭這種被比下去的感覺。

她最討厭的，就是許昕朵比她優秀。

須臾，穆母聲音微微發顫地問：「朵朵成績挺好的？」

「嗯，她的總分比我多六分。」

「她不是國際班的嗎？怎麼還參加你們的考試？」

「她錯過了國際班第一次考試，年底學分不夠，就來參加普通班的考試。國際班的學生參加普通班考試的分數，會折半記入國際班的學分裡。」

穆母點了點頭，多少有些失魂落魄的。

本來是該高興的事情，卻又高興不起來，心中五味雜陳，說不清道不明。

她又問：「朵朵最近在學校裡都在做什麼？狀態怎麼樣？」

「在努力參加比賽。」

「比賽？什麼比賽？」

「很多。」

「她……」

看出了穆母的不解，穆傾亦再次解釋：「學校的比賽贏了有獎金，也有學分，她應該是需要錢。」

穆父面子上有點過不去，忍不住嘟囔：「她會什麼啊？出去不就是丟人現眼！」

穆傾亦說道：「並沒有，她參加的比賽都是第一名。」

「第一名？她之前那個教學條件，能有什麼場地跟師資？她能拿第一名？」

穆傾亦：「桌球、散打是第一名，目前正在進行的比賽是網球。」

「散打？」穆父覺得不可思議，「她哪有什麼條件學散打？而且鄉下有羽毛球就不錯了，還網球？」

穆傾亦看著穆父，沉聲問道：「為什麼你不能承認她的優秀呢？」

穆父依舊是不相信的狀態：「怎麼可能？她那樣的成長環境，怎麼可能會這麼多東西？」

「脫離你的控制了，很難接受是不是？」

「穆傾亦你是什麼意思！」

「你突然發現，你的女兒就算不是被你撫養長大的也同樣優秀。意識到她就算未來沒有你們，同樣會過得不錯，有了挫敗感是不是？」

穆父喜歡控制身邊的人，他把穆母控制得死死的。

把許昕朵接回來後發現許昕朵根本不受控制，就想挫敗她的銳氣。

他會在細節詆毀她，想讓她嫌棄自己之前的生活，從而覺得穆家真的很好。

許昕朵離開穆家他也沒太在意，覺得許昕朵出去後嚐到了苦頭，過不下去了，就會回來求他們了。

那個時候，許昕朵便不會再去計較什麼身分的不公平，還會乖乖聽話改名字。

他就是要許昕朵嚐到一些甜頭，看到被他撫養成人的孩子有多優秀，這樣就知道在親生父母身邊有多好了。

他可以加倍補償許昕朵，也是想照顧許昕朵的，畢竟就算沒有親情，也有血緣關係在。

前提是她要聽話。

穆傾瑤的聽話他就非常滿意。

結果呢，許昕朵比他帶大的孩子還要優秀。

怎麼可能！

那個半文盲的老太太帶大的孩子！

那種惡劣的教學條件！

怎麼可能？

「她拿了不少獎金？」穆父又問。

穆傾亦：「目前大概是六千元。」

穆父想著，帳戶裡剩的，和她賺到的獎金夠她活一陣子的，想要讓她回來有些難，於是暴躁地說道：「她必須回來！」

穆傾亦抬眼問：「為了去童家做客？」

穆父沒回答。

穆傾亦食欲全無，站起身來指著穆傾瑤說道：「你們可以帶著她去試試看，問問尹老師喜不喜歡她，萬一……尹老師博愛呢。」

「什麼混帳話？」

「我吃飽了。」穆傾亦的筷子都沒動，直接離開餐廳，上樓。

穆傾瑤全程都沒有說話，此時突然掉了眼淚，接著擦了擦眼淚，快速放下筷子說道：「我也吃好了。」

接著跟著上樓回自己的房間，房間裡隱隱約約地傳來哭聲。

穆父煩得不行：「一個天天沉著一張臉，好像我欠他似的。一個天天只知道哭，以前怎麼就沒發現她這麼林黛玉呢，人家林黛玉還秀外慧中，她呢，結果連一個鄉下長大的人都比不過！」

此時穆父的心中難免把孩子物質化，突然意識到，他們氣走了那個自己親生的，各方面都更優秀的孩子。

留下了和他們毫無血緣關係，長相、成績、談吐等等方面較差的一個……

穆母竟然罕見地反駁了：「還不都是因為你！這個家裡現在變成這個情況都是因為你！」

「因為我？妳就一點問題都沒有嗎？一個當媽媽的，連孩子都搞不定，妳每天除了去美容院，還會其他的事情嗎？」

穆家父母就此吵得不可開交。

♫

又要到經期了，許昕朵經期前期症狀非常明顯，她也算是經驗豐富。所以她在即將來臨前就做好了準備，吃過午飯後過了一段時間，將止痛藥提前吃了。

她先去上了國際班的選修課，之後拿著圖冊在多媒大體樓裡晃，探頭朝圍棋教室看。

結果剛看一眼，就跟在教室裡面的邵清和對視上。

邵清和倒是始終如一，樣子溫和可親，總是笑瞇瞇的。參加的興趣班也都是茶道課、書法課、圍棋課這類型的。

許昕朵還沒刷卡，有點猶豫要不要進去這個教室。誰知邵清和主動走出來，問道：「怎麼？想參加圍棋比賽？」

許昕朵拚命參加比賽的事情已經遠近聞名了。

許昕朵嘆氣回答：「我還在猶豫。」

「怎麼？」

「我的圍棋只是會，但是不一定能贏。參加圍棋比賽就要刷一節課，我還不一定會贏回來，這節課的課費就算是浪費了。」

「要不然……試試看？我和妳下一局。」

「可以嗎？」

邵清和對這些興趣班也熟悉，畢竟經常過來。他和老師打了招呼後，讓許昕朵和他一起將一個棋盤搬出教室。

兩個人將棋盤放在走廊讓學生休息的桌椅上，接著面對面坐好。

許昕朵執黑子，邵清和執白子。

走廊裡不及教室裡，多少有點冷。

如今已經十一月了，教室裡有暖氣，走廊裡也有，卻因為面積大所以溫度不高，坐久了會有些冷。

邵清和的身體單薄，穿著學校的白色襯衫，領帶打得規規矩矩的，外面罩著深藍色的毛衣外套。在冷的時候，伸手將披肩披在肩膀上，伸出手下子。

他的皮膚白皙得不正常，手指纖細修長，執子時那雙手有幾分詩中說的柔荑的樣子，明明是男孩子的手，也足夠纖長，卻有幾分秀氣。

許昕朵向來怕冷，來時穿著自己的毛衣外套，還套上了童延的毛衣外套，穿了兩層後總算是舒服了。

此時倒是感覺還好。

學校裡很多人都漸漸熟悉許昕朵和童延的關係了，雖然兩個人一直否認，但是許昕朵天天穿著童延的外套，兩個人形影不離的，究竟是怎麼回事，大家都有自己的猜測。

下棋的時候，許昕朵感覺到了差距，她每一步都要深思熟慮，盯著棋盤看許久。

但是邵清和顯然是經常下棋的人，是個老手，並且腦子也夠用，很快落子，接著較有饒有興致地盯著許昕朵看。

都說術業有專攻，很快許昕朵就意識到，她贏不了。

她看著棋盤大局已定，下意識地拍了一下大腿，卻還是承認邵清和確實厲害。

邵清和笑著問她：「我還當妳無所不能呢，結果，短板都被我遇到了？」

「也不是，我報名的都是我有信心的，畢竟課程費挺貴的。」

「妳很需要錢？」

許昕朵看著邵清和，她就不信邵清和不知道她搬出去住，跟穆家決裂的事情。

這個瞇瞇眼壞得很！

然而邵清和不說，只是目光柔柔地看著她。

隨後她回答：「算是吧。」

「其實我有辦法幫妳。」

「怎麼幫？」許昕朵揚眉。

邵清和笑著介紹：「我的家裡是開娛樂公司的，公司裡有不少偶像明星。」

許昕朵有點詫異，邵清和這個人跟娛樂公司的富二代的形象完全不符。隨後她笑了笑拒絕了：「算了吧，我那方面不行。」

「合適啊，妳這張臉適合做模特兒，妳的身高多少？」

許昕朵遲疑了一下子回答：「一百七十五公分。」

「身高雖然矮了點，但也算是踩著最低標準線了，加上妳的氣質和形象、身材都可以，可以試試看。」

「什麼樣的模特兒？」

「平面模特，也可以走秀，接一些代言，拍個廣告什麼的。或者妳混成網紅，開個網路商店賣衣服也可以，不過我們公司沒有包裝網紅的業務，如果感興趣我可以幫妳問問看，近期這種多媒體公司挺多的，我們公司應該還靠掛了幾個。」

「學生可以嗎？」

「走秀時間肯定不合適了，不過從平面模特做起的話，加班或者週末，妳不是不去補習班了嗎？對於妳來說有雙休了。」

「不會穿得很……吧？」

邵清和懂了許昕朵的意思，反而笑了，壓低聲音回答：「國家政策不允許啊朵朵妹妹。」許昕朵需要再考慮一下，於是詢問：「我可以加你的聯絡方式嗎？需要的時候我聯繫你。」

「可以啊，不過要我幫忙的話，是需要酬勞的。」

「收入抽成？」許昕朵瞬間警惕。

「不，我要妳親手做的餅乾。」

「居然記到現在……」許昕朵嘟囔著掃了邵清和的條碼，加了邵清和的好友，接著起身繼續在多媒體大樓裡晃。

邵清和沒有在教室裡，此時再進去有點晚了，就坐在走廊裡看許昕朵。

接著就看到許昕朵像個女特務，找到教室後，站在後門或者風窗那裡往裡看，想要看看自己能不能去比賽。

確定比不過之後，就去下一個教室。

她不是無所不能。

她只是足夠謹慎。

邵清和看著許昕朵走遠的背影，不由得笑出聲來，越發覺得許昕朵有意思。

♫

從多媒體教學樓往回走的時候，許昕朵覺得腹痛開始了。

疼。

說來也奇怪，她明明提前吃了藥，為什麼一點作用都沒有，此時她已經疼得走不動路了。

無法走回教室，許昕朵只能在多媒體大樓裡的沙發坐下休息一下。

多媒體大樓裡的學生漸漸走空了，清潔工過來清掃大廳，多少有些空蕩，冷清後更冷了一些。

她緩緩拿出自己的藥看了一眼，接著發現止痛藥不對勁。

她這次帶的藥是膠囊，淺藍色和深藍色的膠囊體上，通常會印有很小的字母，寫著藥品的名字。

但是她包裡的藥依舊是止痛藥的包裝，膠囊上卻沒有印字。

她瞬間反應過來，有人進過她的房間，翻過她房間裡的東西，看到了止痛藥。

那個人精心製作了藥的包裝，做得一模一樣，裡面的膠囊卻不是止疼藥。她吃的時候，也沒有注意，擠出藥後直接放進嘴裡，用水送了下去。

她甚至不知道自己剛才吃的究竟是什麼藥。

這藥是她從穆家床頭櫃裡拿出來帶走的。

她把藥帶到新房子裡後，不可能有其他人動過，只可能是在穆家的時候出的問題。

那個家的房間不但不屬於她，還會有人隨便進出，想想就覺得生氣與寒心。

她氣得發抖，身體又疼得沒有力氣，只能強撐著站起身來，扶著牆壁朝學校的醫務室走。

她的嘴唇發白，身體實在不舒服，拿出手機傳語音訊息給童延：『我在多媒體大樓，需要去醫務室，肚子疼得厲害。』

童延很快回覆：『妳在哪個位置啊，多媒體大樓是一個圓，繞一圈挺久呢！』

她沒力氣傳訊息，於是傳了一個位置分享。

她繼續朝著醫務室的方向走，走了一段路眼前一陣模糊，接著暈倒在走廊。

童延跑過來的時候，許昕朵已經倒在走廊上了，明明是極怕冷的身體，卻躺在冰冷的地面上。她的身邊還有兩個學生湊過來看，商量著要不要叫救護車。

童延看到許昕朵暈倒的樣子心臟都要停止跳動了，快速跑過來抱著許昕朵往外跑，他家的車就停在校門口。

此時正是放學時間，多媒體大樓和教學大樓裡幾乎沒人，學生都在學校門口聚集，尋找自家的車輛。

在人群中童延抱著許昕朵快速跑出去，他很急，動作沒有片刻的停留，有人擋住他，他就側過身毫不留情地用自己的肩膀撞開，同時還要盡可能護著許昕朵。

「靠！滾開！」童延罵了一句之後，穿過人群，發現許昕朵的車停得更近，於是上了許昕朵粉色的保時捷。

德雨平時沒什麼事情做，很早就來占好地方接許昕朵，這次倒是立功了。

童延上了車後對德雨說：「去醫院。」

德雨也沒多問，啟動車子的同時說道：「違規的費用你交啊！」

說完，一腳油門衝了出去。

德雨平時開車還挺溫柔的，主要是因為乘車的是一個挺漂亮的小女生，德雨也願意聊天，就開得穩一些。

其實她自己開車的時候，開得特別猛。

這次倒是有了正當理由，車開得橫衝直撞的。

童延一直坐在許昕朵身邊，穩著她的身體，她的車很帥，是個小跑車，但是後排座位著實不舒服。

童延乾脆將許昕朵抱在懷裡，生怕許昕朵死了，一直按著許昕朵的脈門。

他有點想用手機查有沒有女孩子經痛痛死的案例……

童延將許昕朵抱到了急診室，很快有醫生過來詢問童延情況。

童延抱著她送到病床上說道：「經痛，她的經痛特別嚴重。」

「有沒有過性生活？」

「啊？沒有。」童延回答這個問題的時候有點慌，為什麼醫師問他的時候眼神犀利？

「排除子宮外孕？」

童延十分肯定地回答：「肯定不是，就是經痛。」

醫師同時檢查許昕朵的生命徵象，說道：「我們這邊會先打止痛針，之後轉婦科。」

「哦……好的。」

德雨進來後就去辦理手續了。

童延留在床邊照顧許昕朵，看著醫師幫許昕朵打止痛針。

醫師幫許昕朵檢查的時候，詢問：「怎麼這麼嚴重，有沒有子宮內膜異位這些病？」

童延有點茫然，搖頭回答：「我不知道，幫她檢查一下吧。」

「你是她的同學？」醫師看了童延身上的校服一眼，問道。

「對。」

「能聯繫到她的家長嗎？」

「不用聯繫，我就可以代表。」

「那聯繫一下班導師吧。」

童延指著自己問：「我不行嗎？」

「你能幫她做主做檢查嗎？先等她醒過來吧。」

童延看著醫生有點無奈，這種事情真的沒轍。

他又詢問了其他的問題，被告知等許昕朵醒過來就可以了，還是有點不放心：「要不要扣一個氧氣罩，或者戴個心跳檢測儀什麼的？」

大夫都被童延緊張的樣子逗笑了，說道：「放心吧，這種經痛的女孩子經常出現，檢查過生命徵象了，沒有其他問題。」

那笑容，大概是把他當成是許昕朵的男朋友了，童延不叫家長和老師來，也是怕知道早戀的事情。

童延只能回去坐在床邊守著，急診室裡還有不少出現突發事故的患者，甚至還有人在哭，哭得特別大聲，十分嚇人。

童延拉上簾子的時候，隨便看了一眼，就趕緊扭過頭去了。是出車禍送進來的人，身上都是血，他受不了那個畫面，打架特別狠卻暈血的人，大概只有童延一個人。

他想幫許昕朵換個病房，傳訊息給管家，問能不能聯繫到單人病房。

結果沒多久尹嫿就打電話給童延。

童延接通後解釋道：「我沒事，我同學經痛暈倒進醫院了，這裡太吵了，我怕耽誤她休息。」

『同學？許昕朵嗎？』

「哦……妳都知道全名了？」童延知道尹嫿常年盯著他的狀態。

學校裡沒有關於他的文章，一方面是因為尹嫿是娛樂圈的人，作為星二代，他有什麼事情也會上新聞。當年他十幾歲刺青都上過熱搜被痛罵，接著尹嫿的團隊編了那個感人的故事。一方面他未來是童家繼承人，身上不能有任何汙點。

他剛問病房尹嫿就知道了，他並不意外。尹嫿知道許昕朵他也不太意外，應該是調查過許昕朵的家庭背景了吧。

他是童家的繼承人，他以後的夫人絕對要帶得出手，最好選擇門當戶對，同樣優秀的女人。其次才是像尹嫿這樣美麗，有一定知名度，能幫忙交際的夫人。

許昕朵不合適。

就算是穆家的親生女兒，都會被嫌棄。

對於童家來說，穆家只能算是上不了檯面的小門小戶。

尹熽在電話那邊回答：『上次不是自我介紹了嗎？』

童延大咧咧地說：「嗯，是她，妳不用管了，我這邊安排就行了。」

『在哪家醫院？』

這個問題讓童延十分意外，忍不住問：「妳不會要過來吧？媽！妳來容易上新聞，這要是傳出個新聞說妳懷二胎來產檢怎麼辦？要說妳為了穩固地位中老年生娃，還是誇我爸老當益壯？」

『你才中老年！』

「對對對，妳風華正茂。」

最後，童延還是告訴尹熽醫院的位置。

他們轉到了婦科，這裡也沒找到合適的床位，只好將床推到了走廊比較僻靜的地方，也不算冷，沒那麼吵了。

德雨也辦完手續了，跟著在一旁守著。

護士長時不時會過來看許昕朵醒了沒，太久沒醒的話，還需要後續治療。

德雨看到誰都能聊幾句，接著就聽到護士長說：「她這個年紀的小女孩痛經的也多，這麼嚴重大概是內膜異位症，做個檢查查一查吧，才能放心？」

德雨跟著問：「再大能緩解嗎？」

「宮頸管狹窄的話，生孩子後能緩解一些，具體還要看她的身體情況。」

正聊著呢，婁栩急匆匆地跑了過來，到了床邊看著許昕朵問童延：「怎麼突然暈倒了，我聽說後都急死了。」

婁栩是聽同學說的，童延抱著許昕朵離開學校的畫面簡直沸騰了整個嘉華。

她這邊著急，聯繫不上童延，就打許昕朵的手機。

童延接了電話，告訴婁栩地方，婁栩便風風火火地趕了過來。

「經痛。」童延回答。

「這麼嚴重？還能暈倒？」婁栩說著，伸手去摸許昕朵的額頭。

童延看著婁栩的動作有些不解，問：「經痛妳摸額頭做什麼？」

「哦……也對……電視劇看多了。」婁栩看周圍也沒有能坐的地方，左右看了看後，最後靠著窗臺站著，問童延，「醫生怎麼說？」

「等她醒過來就行了，打了止痛針，等一下就好了。」

童延說是這樣說，人卻是眉頭緊鎖，乾等著人也不醒，他心裡緊張得不行。

過了五分鐘，許昕朵悠悠轉醒，睜開眼睛看了看童延，再看看病床。

婁栩湊過去問：「妳醒了啊？」

婁栩在許昕朵的頭頂的位置，她需要抬頭才能看到婁栩，於是含糊地回應：「嗯。」

童延幫她掖了掖被子，問：「沒提前吃藥嗎？這次怎麼這麼嚴重？現在還疼不疼？」

許昕朵感受一下後說道：「不疼，腰疼。」

隨後她讓德雨去幫他們買晚餐，支開了德雨。接著讓童延把她的書包遞給她，她把止痛藥拿了出來，跟他們說了這件事。

童延拿著藥，問：「穆傾瑤幹的？」

除了穆傾瑤，想不到會有誰這麼恨許昕朵了。

許昕朵看童延的表情，就知道童延肯定是要去收拾穆傾瑤，就算不方便碰女生，也能找來一群人把穆傾瑤收拾得明明白白的。

許昕朵搖頭：「她不會承認的，而且，這件事完全可以說成是我自己經痛，我自己暈倒的，跟她沒關係。」

童延暴躁的性子又來了：「我管她承不承認呢？」

許昕朵伸手勾住了童延的手指，說道：「你別氣，這種人不配讓你生氣。我想玩個大的，只是不知道能不能順利。」

許昕朵的指尖很涼，讓童延一陣心痛。

童延心裡難受到可以去毀滅世界。

婁栩也是氣到不行，都想直接去罵穆傾瑤了，這種人真的太婊了：「她怎麼這麼惡毒呢，長得老老實實的，人這麼惡劣？」

「對啊，就是很婊，我們就在婊上做文章吧。」許昕朵緩緩坐起身來，說道，「我在穆家的時候經常會去樓下喝水，有一次無意間聽到穆傾瑤在客廳裡打電話，她背對著我沒看到我，我聽到了一些。」

婁栩湊過去聽八卦：「什麼啊？」

「我也是聽到妳說八卦，才前後聯想了一下，知道了大概。之前李辛檸和沈築杭曖昧，穆傾瑤一直懷恨在心，所以跟另外一個人玩曖昧，說李辛檸的壞話。我猜測，那個男生是應該是李辛檸的曖昧對象吧。」

婁栩點頭：「然後呢？」

「我們搞到一點證據，讓沈築杭知道自己被戴綠帽了。」

婁栩想了想後覺得不解氣：「這有什麼啊，只讓沈築杭知道這件事情了而已。」

許昕朵解釋道：「沈築杭不是一個豁達的性子，肯定會跟穆傾瑤鬧得不可開交，穆傾瑤那邊還有沈築杭疑似劈腿的事情在，心裡也會有芥蒂。也算是在他們兩個人的感情之間埋下一顆隱患種子吧……」

穆家在意的是什麼呢？

穆傾瑤和沈築杭的婚約。

如果這個婚約出現問題了呢？

穆傾瑤不招惹她，許昕朵也不會去理穆傾瑤，但是這位主動過來挑釁，她就要反擊了。

許昕朵有耐心能夠一點一點讓穆傾瑤和沈築杭的感情出現問題，畢竟這兩位都不是省油的燈。

就算他們為了家庭利益真的結婚了，婚後也會有嫌隙。

他們正說著，走廊裡出現了一行黑衣人。

許昕朵和童延一眼就認出，這是「他們的母親大人」來了。

尹嫿出門會帶著自己的小團隊，有助理，還有保鏢，這群人加一起五個人，浩浩蕩蕩地過來了。

此時尹嫿戴著帽子和口罩，眼睛上還有墨鏡，偽裝得很好，想要分析她是誰，只能從身高和身材了。尹嫿氣勢太強，走路彷彿走秀，過來的時候引得其他人紛紛側目。

尹嫿到了之後問許昕朵：「醒來了？」

許昕朵被驚到了，弱弱地回答：「嗯……好多了，伯母妳怎麼來了？」

「哦，童延跟我說的，我有點擔心就過來了，想要親自看看，身體怎麼樣？」

許昕朵趕緊說：「已經不疼了。」

「經痛怎麼這麼嚴重？檢查過嗎？」尹嫿隨便擺了擺手，原本在坐著的童延只能起身站在一旁，尹嫿十分優雅地坐在椅子上，拿下墨鏡看著許昕朵問。

童延首先回答：「我問過了，超音波什麼的要明天才能檢查，工作人員已經下班了。」

尹嫿抬頭看了童延一眼，接著說道：「換一家醫院，帶走。」

尹嫿說完，助理就推過來一個輪椅，讓許昕朵坐上去，還幫許昕朵披上毯子。

許昕朵坐在輪椅上求助地看向童延，童延也非常驚訝，只能跟著他們離開。

婁栩只能追上來問許昕朵：「我先走了？」

「嗯，好。」

「穆傾瑤那邊需要我幫忙做什麼嗎？」

「他們對妳太熟了，妳做不方便，我想一想再告訴妳。」

婁栩跟他們打招呼後很快離開了，特別乖巧可愛。

當時急著送許昕朵去醫院，去的是最近的一家，而且許昕朵沒醒，童延也不能帶著許昕朵離開。

許昕朵剛醒沒多久尹嫿就到了，帶著許昕朵去了一家私人醫院，進行全面的檢查。

在許昕朵檢查的時候，尹嫿問童延：「她一直這樣嗎？」

「嗯，她那個身體差勁透了。」說完，童延掰著手指頭跟尹嫿細數昕朵身上的毛病，包括從小受凍有凍瘡，從小吃的不好導致腸胃不好，加上體寒常年痛經，免疫力極差全部都說了。

尹嫿聽完心裡有點難受。

她沉默地坐在一旁，手指在小圓桌上來回敲擊。

她的腦海裡突然出現那個揮之不去的畫面。

她記得有一陣子童延特別厭食，給他什麼都不吃，那段時間瘦到不行。

結果突然有一天童延變得十分拘謹，總是緊張地到處看，眼神裡透漏著不安，那戰戰兢兢的模樣讓人恨不得將童延抱進懷裡安慰。

那天，尹嫿覺得她應該陪著兒子，和童延聊天童延不怎麼回答，問童延想不想吃飯，童延稍作猶豫之後同意了。

尹嫿心中一喜，問童延想吃什麼，童延小心翼翼地回答：「泡麵。」

說完那句話，童延好像提了一個十分苛刻的要求似的，可憐地看著尹嫿，彷彿這個要求十分放肆，甚至是奢侈的。

不過是泡麵而已。

最低廉的東西。

尹嫿讓人做給童延，童延看到泡麵眼睛都亮了，拿著筷子吃著麵條，吃的時候，還小心翼翼地偷偷看尹嫿。

那個年紀的童延臉小眼睛大，低下頭抬起眼睛偷偷看尹孋的時候，眼睛大得出奇。

童延吃得那麼小心，那麼珍惜，就好像從來沒吃過這樣的美味一樣，偷看的時候還生怕尹孋會不讓自己吃了。

尹孋覺得非常奇怪，心臟在那一瞬間揪緊了。

不是因為童延厭食，而是覺得此時坐著的童延十分陌生，不像是自己的兒子，而是另外一個孩子。

這個孩子從小受苦，家裡貧困，連泡麵都吃不起。

這才讓這個孩子覺得泡麵奢侈，所以吃的時候才會那麼珍惜。

可是仔細看，那就是她的孩子啊，是童延。

是出了什麼問題嗎？

是因為她的陪伴太少了嗎？

現在聽到許昕朵的遭遇，尹孋難受得面色陰沉。

再去看童延，他大咧咧坐在不遠處，手裡拿著手機，似乎正在跟誰聊天，打字很快。

尹孋問他：「最近練琴了嗎？」

童延含糊地回答：「哦……練了。」

「快考試了吧，學得怎麼樣？」

「光練琴了，沒讀，聽天由命吧。」

尹嫿對於這種態度真的是習以為常，還想再說幾句，低頭看到了管家傳的訊息：『穆夫人希望帶著女兒穆傾瑤來見您，他們說許昕朵最近不太方便。』

尹嫿看著手機訊息，「嘖」了一聲後，用語音回覆：『那種狗雜種不配踏進我家的門，讓她們滾。』

管家回覆：『好的，會禮貌地回覆過去的。』

禮貌，是為了維持尹嫿的風評而已。

檢查結果出來後，許昕朵和童延都沒拿到，尹嫿拿在手裡，厚厚一疊單子，她拿著依次看過，接著詢問身邊的醫生。還有一些化驗的項目，需要明天和後天才能出結果。

尹嫿一向強勢，這兩位也習慣了，留在旁邊沒有多說什麼。

尹嫿看著單子說道：「身體確實不太好，還有些貧血，好在沒有什麼大病。女人的身體要慢慢調，妳搬到我那裡去住吧，我安排人幫妳調一調身體。」

許昕朵嚇了一跳，和童延對視了一眼。

兩個人都有點慌張，尹嫿對她這麼照顧，難不成發現什麼了？

不過他們不敢問，只能裝傻，許昕朵連連拒絕：「不用的伯母，我以後經期吃藥就可以了。」

尹嫿拿著單子，抬頭看了許昕朵一眼：「只吃藥？童延就是這麼照顧妳的？」

童延趕緊問：「怎麼調啊？」

「我拿著單子問問身邊熟悉的人，問題不算太嚴重的都可以調過來，最基礎的暖宮藥方也能緩解一些。」

童延立即對許昕朵說：「那妳去吧。」

許昕朵有一瞬間的心虛。

她在童延身體裡的時候還好，她的身分是尹嫿的兒子，被尹嫿照顧也是理直氣壯的。

現在她是許昕朵，在穆家不被重視的「養女」，這種身分尹嫿應該不願理才對，對她這麼好讓她有點不安。

她不知道尹嫿的心裡是怎麼想的，是猜到了她和童延互換的事情了，還是說覺得她是童延的女朋友？

如果覺得她是童延的女朋友，叫到身邊去是調教兒媳婦，還是打壓她讓他們分手？

「住到您的別墅去嗎？」許昕朵小心地問。

尹嫿揚起嘴角笑了笑：「對我家居住情況還挺瞭解的？」

童家一家三口，分開住三個地方，尹嫿自己住在一個地方，雖然距離近，但是沒有一家人的感覺。

「童延說的。」

尹嫿又看了看許昕朵，女孩此時還是很虛弱，便隨口說道：「妳過幾天過來吧，我讓人收拾出一個房間，妳現在先回去休息，實在不行明天學校就請假。」

「好，謝謝伯母。」

尹嫿又看了許昕朵一眼後，拿著化驗單浩浩蕩蕩地離開了。

童延還想看看體檢結果呢，結果到最後連一張紙都沒碰到，只能去問單子還能不能再出一份。工作人員立即幫童延處理了，只是需要等一下。

童延讓德雨把許昕朵送回家，自己獨自離開了。

他還有其他的事情要做。

♫

穆傾瑤加入了學校的啦啦隊，近期有比賽，因為大家白天都有課，只能利用放學後的時間來練習。

此時穆傾瑤和啦啦隊的其他成員，在體育館裡排練隊形。

體育館裡有音響，音樂聲在整個體育館裡迴盪著，認真排練的女生們根本沒有注意到有人進入了體育館，去了二樓的看臺。

體育館裡，一樓是場地和部分看臺。二樓有一個圍欄，後面還有看臺，很多時候學生們會來二樓的欄杆旁往下看，位置能看清整個一樓。

童延帶著人來的就是這裡。

他站的位置有些遠，能看到有人在練習，調整手裡的鐳射筆後，用手機傳訊息給蘇威：『斷電。』

兩秒後，整個體育館陷入黑暗中。

此時已經是晚上九點多了，斷電後的體育館裡陷入完全的黑暗，引得一群女生驚呼了一聲。

童延戴上夜視鏡，找到穆傾瑤後用鐳射筆指向她。

和童延同行的是弓箭社的成員，在童延身邊的是一個女孩子，也戴著夜視鏡，看著穆傾瑤冷笑一聲，有點假小子的架勢。

她看到鐳射光後，打開罐子，拿他們提前製作好的棉布弓箭蘸了片刻後拿起來，朝著穆傾瑤瞄準，接著放箭。

這個弓箭不是箭尖的，那種殺傷力太大，容易出大事。

他們用的是弓箭長短的木棍，木棍的一頭包裹上棉絮，用棉布包著綁牢固了。這樣的頭會有減震作用，打在身上會有些疼，但是沒有大事。

他們拿來的罐子裡是液氮。

液氮是一種液態的氮氣，溫度攝氏負一百九十六度，人體接觸的一瞬間沒有影響，超過兩秒才會損傷皮膚。

很多地方會用液態氮點斑、點皮膚上的疣，會讓表層皮膚壞死，接著結痂脫落，讓有色素位置的皮膚脫落，達到去斑的效果。

被液態氮碰到的時間短還好，如果出現問題就是不可逆轉的，甚至可能出現腫脹和水皰。液態氮不會在皮膚上留下疤痕，甚至不會有任何太大的痕跡，一段時間後就會恢復，但是一段時間的折磨還是有的，至少能讓她脫層皮。

他們用棉布和棉絮蘸了液氮，專門攻擊在穆傾瑤的皮膚上，就是這個目的。

別惹許昕朵，許昕朵背後有惡魔。

就算童延不能真的跟穆傾瑤動手，也要讓穆傾瑤脫層皮！

夜視鏡下，童延看到穆傾瑤慌亂的狂奔，尖叫、恐懼，甚至還在哭求。

可是他們早就把體育館的門關上了，這群女孩子跟無頭蒼蠅一樣亂跑。跑了一陣子後她們發現被針對的只有穆傾瑤，漸漸地開始躲開穆傾瑤，不幫她，獨留下她。

有女孩子對著大廳裡喊：「你們夠了！我要報警了！」

童延聽到之後立即將鐳射筆指向那個女生，那個女生嚇得手機都掉了。童延也只是嚇唬一下而已，之後再次照向穆傾瑤。

他們準備了五十枝箭，兩個人同時持弓。

將弓箭發射完畢後，童延他們帶著夜視鏡從預先留好的窗子離開，來得無聲無息，走得也沒有痕跡。

他們離開後不久供電恢復。

一群驚慌失措的女孩子在恢復光亮後，才看到彼此的狀態，居然有一群女孩子一直靜靜地站在旁邊。她們似乎早就知道會有人來，不會傷害她們，只是針對穆傾瑤一個人而已。

她們也不管，只是冷眼旁觀。

穆傾瑤看著那群人，一瞬間萬念俱灰。

拿著弓箭的假小子問童延：「你為什麼要讓人通知一部分人啊？其實全部的人都在亂跑，我也不會打偏。」

「我就是要讓穆傾瑤知道，她被很多人討厭著，這種難受，加上皮膚上的難受，夠她受的。」

「夠狠。」

童延低下頭拿著手機詢問：『藥裡面是什麼查出來了嗎？』

童延將其他的藥擰開一粒，看著裡面的白色粉末有點糾結，生怕是石灰粉這種東西。許昕朵本來腸胃就不好，受不住這個。

管家：『是麵粉。』

童延鬆了一口氣。

童延打電話給許昕朵，打算告訴許昕朵一聲，這樣她也能放心。

電話接通後，許昕朵的聲音有點含糊：『喂，怎麼了？』

「妳在幹什麼呢？」

『吃零食，泡腳。』

「妳泡腳的時候還吃零食？」

『對啊，家裡零食太多了，到處都是，隨手抓來一個，沒忍住就吃了。而且，泡腳是我們貧民最廉價的養生方式了。』

童延聽著許昕朵的聲音，心情終於好了幾分，原本在憤怒之中的人，整個人身上都帶著濃重的戾氣。此時，卻像是被治癒了一般，拿著手機笑得那麼純粹，眼眸彎彎的，瞳孔與星河一般浩瀚。

他跟許昕朵說了檢驗結果，告訴許昕朵可以放心了。

許昕朵倒是很淡然：『嗯，那你也回家吧。』

「妳怎麼知道我在外面？」

『有風聲，而且，我瞭解你。』許昕朵的話稍作停頓後，又道，『謝謝你。』

第十三章　只有你不知道

穆傾瑤這件事情鬧得還挺大的。

第二天穆傾瑤乾脆沒去上課。

穆母來了學校一趟，學校十分配合，然而監視器全部被動過手腳，去調查啦啦隊裡其他的學生，大家都說不知情。

一問三不知，家長和校方也沒有辦法。

學校轉過來問穆母，穆傾瑤最近有沒有和誰有過衝突，穆母猶豫，懷疑是不是許昕朵做的，卻不能下定論。

穆傾瑤自然不會自爆自己換過藥的事情，如果問及和許昕朵的關係，她肯定會委屈地說，她不知道，可能許昕朵一直都不喜歡她。

頂替身分這件事，就已經夠許昕朵恨穆傾瑤了。

穆家父母不瞭解許昕朵是什麼樣的性格和品性，也覺得可能是許昕朵讓人做的。

穆傾瑤知道這件事情可以利用，便努力扮柔弱，在家裡說道：「可能也不是朵朵，朵朵剛來學校裡和誰也不熟，誰能幫她？只有童延和她關係好一些，可是童延那種高高在上的人，應該不會幫朵朵胡作非為吧？爸爸、媽媽，你們別懷疑她，不會是她的。」

「那誰會這麼對妳！」穆父怒不可遏。

穆傾瑤只能搖頭了，說不出別的人來。

穆家父母雖然沒有明說，但是都覺得是許昕朵離開家之後，對穆傾瑤進行報復。

穆父氣得大罵：「那個混帳東西，是不是還要回來把房子燒了？果然是鄉下長大的，就是惡毒。成績好有什麼用，性子不行，早晚會進監獄，到時候別想我們幫她！」

穆母則是坐在沙發上哭，也不說話。

穆傾瑤看著自己身上的痕跡，心裡非常氣憤。

那些液態氮在她皮膚上停留的時間不一，一次、兩次可能沒什麼事情，整整五十次，還真的有不少地方出現了紅腫的痕跡。

這些紅腫的地方並不是一大片，而是斑駁的橢圓，有些地方紅，有些不紅，看起來就像月球表面。有的地方甚至出現了紅腫，起了皰。

她查了很多，除了叮囑防曬、吃抗生素之類的沒有其他辦法，她只能等著這些地方結痂，重新長好。

射箭的人非常過分，很多次都是朝著臉來的，她後來用手臂擋著臉，便都朝著她的脖子和手臂來，導致這個範圍是最多的。

如果只是腿上，在這個季節穿一件褲子就可以了。這些會露在外面的位置，才是最讓人惱火的。

她臉上此時慘不忍睹，左面臉頰有一個明顯的痕跡，她都不想去學校了。

如果幾天不去學校，說不定成績會跟不上，火箭班的成績競爭激烈。

她想跟穆傾亦借筆記，可是最近穆傾亦也不理她。

如今的穆傾瑤真的是萬念俱灰，朋友沒有了，身邊的人都在看她的笑話，並不幫她，父母的態度總是讓她沒有安全感……

特別難過。

又特別恨。

她拿起手機，發現沈築杭居然一句話都沒有問過她，心中憤恨，牙齒緊咬。

這個時候，看到了顧爵傳來的訊息：『妳怎樣了？到底是怎麼回事？』

穆傾瑤：『應該是被人欺負了。』

顧爵：『那個養女？』

穆傾瑤：『我特別不希望欺負我的人是她，但是我真的想不到其他人了，她為什麼這樣啊……我明明不想與她為敵的。』

顧爵：『白眼狼，受了你們家的好還這麼對妳，良心被狗吃了。她這是校園暴力，怎麼有這麼惡劣的人呢？』

穆傾瑤：『謝謝你，你是第一個來關心我的人。』

顧爵：『沈築杭呢？』

穆傾瑤：『他最近都跟我淡淡的，不太想管我的事情了，每天都在玩遊戲。』

顧爵：『他可是妳男朋友！這樣的男朋友要他有什麼用？妳要是心情不好了跟我說，我陪妳聊天，畢竟我也不愛玩遊戲，太簡單了，沒意思。』

穆傾瑤：『你真好，最近的筆記能不能給我看看？』

顧爵：『可以，我還可以幫妳錄音。』

♫

穆傾瑤可以在家裡裝傻，畢竟穆家父母不知道究竟發生了什麼事情，穆傾瑤想怎麼說都可以。穆傾瑤說的時候穆傾亦也不在場，想怎麼發揮就怎麼發揮。

但是學校裡不少人都看到了童延抱著暈倒的許昕朵出校門的畫面，那架勢可不是在做戲，童延也不是那種人。

前腳許昕朵暈倒了，後腳穆傾瑤就被人報復了，還沒有人管她，冷冷地看著她被報復，這說明了什麼？

學校裡的學生議論紛紛。

之前論壇的事件鬧得那麼大，大家已經發現穆傾瑤有些綠茶，並且對穆家的這位「養女」

不太歡迎。

這一次穆傾瑤顯然是出大招了，人都暈倒了，這不是小事情了吧？

穆傾瑤究竟對許昕朵做什麼了？

有人偷偷詢問，婁栩只是表示自己什麼都不知道，他們也不敢去問當事人和童延，甚至想去問穆傾瑤本人。

這種沒有答案的事情，總會引人遐想，最後大家的總結就是——穆傾瑤太狠了，把人往死裡搞。

許昕朵很有可能找童延幫忙，這些天童延和許昕朵的關係也是有目共睹的。

體育館找人射箭報復這種事情，童延也真的做得出來。

頗有意思的是，很多人的導向都是穆傾瑤活該，早就覺得她偽善了。沒想到她還不老實，惹到童延女朋友頭上去，也真是有種。

可惜了，被人收拾了。

活該。

選修課時間，婁栩進了國際四班的教室，直接坐在許昕朵的前一排。

魏嵐都打算去上選修課了，看到婁栩過來坐在自己隔壁的位子上，一陣納悶，問她：「有事？」

「你走吧，我有話要跟朵朵和童延說。」婁栩讓出路，對魏嵐一點都不挽留。

魏嵐還不走了，重新坐在自己的椅子上，指著大螢幕說：「我不去了，我要在班裡看電影。」

國際班經常會放電影，都是原聲道，算是培養語感的一種方法。

教室裡都是電影的聲音，其他學生也在小聲聊天，距離他們很遠，算是很好的掩護，讓他們能放肆聊天。

婁栩拿著手機給許昕朵看：「這個就是顧爵。」

許昕朵拿來手機看了同學錄上的顧爵相片一眼。

顧爵，學校籃球隊的隊長，長相中等偏上，算是一名端正的運動系少年。

和童延這種顏值精緻到逆天的少年比不了，但是在普通人裡，絕對是非常好看的了。加上顧爵這個人上相，還會修圖，社交網站上的相片都非常帥氣。

相比較這些長得好看卻不得到的少年，顧爵絕對算少年裡不錯的了。

婁栩開始跟許昕朵八卦顧爵的背景：「顧爵家裡算是中等貧困家庭，靠成績好在火箭班掛著呢，不過成績在火箭班也只是中游。」

許昕朵不解，問：「中等貧困家庭？」

「一般人家，父母兩個人的年收入加起來二十萬那樣吧，在一般學校看起來就是一個一般家庭。但是在我們學校算是貧困家庭，他是一個品學兼優的貧困生。」

許昕朵都不知道她原來的家庭，算是什麼家庭了……

大致是乞丐吧。

婁栩繼續說：「這種男生在國中前都挺正常的，但是到了我們學校裡看到別人的條件難免心裡酸澀，對富貴人家有些嚮往。他又有點資本，長得也可以，所以更願意跟家庭不錯的人來往。」

許昕朵懂了，問：「所以他對穆傾瑤也不是真心的？」

「對，他是出了名的鐵公雞，喜歡跟著條件好的同學一起出去玩，去一個地方後瘋狂拍照加自拍，上傳社群動態，標註定位，好像自己過得不錯似的，其實就是蹭吃蹭喝的。他還對我示過好呢，我沒理，我的口味被養得刁鑽了。」

魏嵐一直認認真真地聽，聽到婁栩這句話不由得揚起嘴角笑了一下：「被我養的？」

婁栩點頭，指著魏嵐說：「我的初戀就是這種貨色的，我能看上他？」

魏嵐立即露出問號臉，為什麼他覺得這不像是好話呢？

許昕朵看著他們兩個覺得好笑，忍不住笑了一下，接著問：「顧爵同時跟穆傾瑤、李辛檸保持曖昧嗎？」

「我覺得不止，天知道他的手機聊天裡有多少女生啊？他和我同個班的，被女孩子要聯絡方式就給，我都看到不少次了。不過女孩子看他有濾鏡，他又一直是單身的狀態，沒人說他什麼。」

童延拿走手機看了顧爵的相片一眼，遲疑片刻後，問：「妳們是飢渴到什麼地步了，這種都算好看了？」

「肯定沒有你好看啊，你在我心裡是美少年排行榜排第一。」婁栩毫不吝嗇自己的誇獎。

童延嫌棄得直撇嘴，美少年排行榜？什麼鬼東西。

魏嵐指著自己問：「我呢？」

「第四。」

魏嵐不服，追問：「那前兩個是誰？」

婁栩繼續說下去：「第二穆傾亦，第三邵清和。」

「他們那麼好看，妳之前為什麼要跟我交往啊？」

「他們我都搞不到啊。」

魏嵐的表情逐漸絕望：「……」

童延對著婁栩手機拍了一張相片，接著傳給了管家。

倒不是童延找不到別人，實在是管家真的擅長做這方面的事情，找別人反而不太放心。

而且，他現在的事情都不怕尹嫿知道了，他覺得尹嫿如果真的想知道，他們也瞞不住。

童延讓管家幫忙盯著顧爵和穆傾瑤，最好能抓到什麼把柄。

許昕朵在童延傳訊息的時候，突然小聲說道：「我覺得印少疏也挺帥的。」

婁栩下意識搖頭：「是帥，但是長得太凶了，一張家暴臉。」

「挺有男人味的。」

「嗯，這一點倒是真的……」

童延聽完直接把手機放在桌面上了，一臉不爽地問：「什麼東西？誰帥？」

許昕朵實話實說：「以前覺得印少疏人品不行，發現是誤會後，再去看印少疏的話其實還挺帥的。」

「他帥？他哪帥？眼角上挑這成這樣。」童延反駁的時候，還往上拉自己的眼角，拉成了詭異的模樣。

印少疏確實挺帥的，但是人太淩厲，眼角上挑，特別中二的剔了一個斷眉，看起來十分不好相處。

許昕朵覺得這種事情跟男生沒有什麼共同話題，擺了擺手說道：「算了算了，不聊這個了。」

許昕朵還想去上一節選修課，拿著書離開教室。

婁栩也要跟著走，卻被魏嵐拽住了。

婁栩不解，看向魏嵐問：「幹什麼啊？」

魏嵐笑嘻嘻地看著童延氣鼓鼓地追著許昕朵走了出去，接著湊到婁栩耳邊說：「這位吃醋了，肯定追出去發飆，我們兩個慢點走，能看到撒嬌的童小延妳信不信？」

「真的假的，說句別人帥也能吃醋？」婁栩不解，這要是她男朋友不得原地爆炸？她天天討論帥哥、美女。

「走，去看看。」

兩個人躲在後門，偷偷往外看。

此時童延已經追上許昕朵，拽住她之後跟她比了三根手指：「這是幾？」

許昕朵覺得童延這個問題有點挑釁的意思，然而她不回答，童延就不放開她，她只能回答：「三。」

「眼睛沒毛病啊，怎麼會覺得印少疏帥呢？」

許昕朵只能耐著性子解釋：「我只是和栩栩聊天，隨口說一句而已。」

「隨口說的都是真心話！」

「對！是真心話，我就是這麼覺得的！」

童延被氣笑了，氣得手插著腰自我調整了好半天，才問許昕朵：「妳的審美是不是不太對，按理說妳對我也算是最瞭解的吧？怎麼能覺得別人帥呢？」

「我也沒說你不帥啊。」

童延立即問她：「那我和印少疏誰更帥？」

「你帥你帥！」

「妳敷衍我。」

「那你要怎麼樣？」

「妳去跟婁栩說。」

「……」許昕朵覺得童延絕對是有毛病，沒理童延，扭頭就走了。

童延跟著許昕朵往教室走，走的路上還在糾纏許昕朵探討這個問題。

婁栩看完之後忍不住笑，剛想站起身來，就撞進了還在偷看的魏嵐懷裡。

她很快躲開了。

魏嵐也沒在意。

剛巧這個時候沈築杭走回班級，進來後看到他們兩個人聚在一起，表情變了變卻沒有打招呼，走進來拿了自己的書之後，再次出了班級。

婁栩忍不住八卦：「沈築杭最近挺尷尬的吧？」

魏嵐回答：「他申請轉班了，過幾天就不是我們班的了，畢竟被童延看不順眼，這個班他留不下去。」

「他以前經常去我們班門口等穆傾瑤，現在也很少去了。」

「他們啊……早晚要分。」

♫

沈簗杭最近不想理穆傾瑤。

上一次的事情他其實是在幫穆傾瑤出氣，後來事情也算是平息了，結果生日舞會上卻再次被人打臉。

李辛檸偷偷跟他聊了很久，分析穆傾瑤的行為，暗示他，穆傾瑤就是在利用他，她自己還能置身事外。

而且，李辛檸拿出相片給沈簗杭看，穆家三兄妹的相片往那一擺，李辛檸一句話：「你如果不認識他們三個，誰是親兄妹看不出來嗎？」

沈簗杭沉默許久。

看著相片不想說話。

李辛檸繼續跟沈簗杭說：「童延什麼人啊，他也不傻，肯定是知道了真相，故意幫許昕朵出頭。童延說許昕朵是主角，許昕朵如果真的是穆傾亦的妹妹，必定也是那天生日，懂了沒？」

「可是……他們不可能隱瞞真實身分吧，如果許昕朵真的是親生的，怎麼會對外說是養女？這是人能幹出來的事情嗎？」

「你想想你自己這邊的關係，再想想穆家的情況，你是不是傻？」

後來沈築杭問過穆傾瑤，穆傾瑤再三表示身分沒有問題，許昕朵是因為長得像、身世可憐，才被收養的。

沈築杭雖然懷疑，卻沒再說什麼。

然而心中還是有點介意，這陣心情還沒過去，穆傾瑤又出事了。

那一天好幾個人過來勸沈築杭，這次的事情他別管了，跟童延關係鬧得太僵對他十分不利。他也就沒聯繫穆傾瑤，期間穆傾瑤和他聊了幾句，見他不想管也就不傳訊息了。

兩個人就此進入冷戰狀態。

結果穆傾瑤休息了四天後的週末，沈築杭跟朋友一起在KTV裡唱歌，包廂裡的氣氛突然不對。

有人拿著手機神色古怪了一陣子，接著幾個人聚在一起。

最後有一個人將手機給了沈築杭，讓沈築杭看相片。

沈築杭拿著手機翻看相片，起初沒在意，結果突然發現不對勁，放大了後看了看，表情變得不太好。

相片裡是在擁抱的男女，女孩子個子不高，男生卻非常高，看上去身高有一百九十左右。女孩子穿著大衣，漏出些許裙子的裙擺來，這件大衣穆傾瑤有。尤其是脖子上那條粉和深灰色的撞色 Gucci 圍巾，還是他送穆傾瑤的。

沈築杭的朋友小聲提醒：「男生好像是顧爵，和她同個班的。」

沈築杭：「……」

沈築杭用朋友的手機，把相片傳給自己，接著起身離開。

在他關門的時候，隱隱約約地聽到包廂裡傳來一陣笑聲。沈築杭臉色鐵青，全程沉默著去了穆家，接著打電話給穆傾瑤。

兩家住的還算近，兩個人結伴去了社區裡的室內公園，進去暖和一些。

沈築杭沉聲問：「妳最近怎麼樣了？」

穆傾瑤還圍著圍巾，穿著和相片裡一樣的大衣，扯了扯圍巾擋著臉，說道：「已經結痂了，等結痂掉了我就能回學校了。」

「哦……這些天都只在家裡嗎？」

「嗯，哪裡也去不了。」

「那是哪天見到顧爵的？」

穆傾瑤一怔，詫異地看向沈築杭。

沈築杭從口袋裡拿出手機給穆傾瑤看，問道：「是你們吧？」

穆傾瑤看到相片表情都變了，想要否認，但是覺得可能是被熟人遇到了，只能說道：「我沒去上課，托他幫我錄音，所以見面把錄音筆給我。」

「給個錄音筆都抱在一起了？」沈築杭終於忍不住了，對著穆傾瑤吼了出來。

穆傾瑤慌得不行，連連搖頭解釋：「他發現我這些天都很難過，就想要安慰我一下，沒有別的意思！」

「那也不用這樣吧？」

「你安慰李辛檸的時候不是也陪她看過電影？」

「我也沒和她這樣啊，我們一直保持距離。」

穆傾瑤開始扭轉話題：「還不是因為你都不理我？」

「我不理妳妳就找別人約會，我以後如果出差，妳是不是要去住別人家裡？」

「才不是，我們只是一起吃了晚飯而已。」

沈築杭被穆傾瑤氣得不輕，想要把自己送的圍巾扯下來，回去擦地也比給她強。

結果扯開圍巾看到穆傾瑤的臉，把沈築杭噁心到立即將手抽了回去。

沈築杭開始嘲諷穆傾瑤：「就妳現在這副尊容，還好意思去見情郎？妳就不怕他嫌棄？」

「他什麼都沒有說，這種傷等結痂落了就好了。」

沈築杭伸手搶走穆傾瑤的手機，打開手機去找她和顧爵的聊天記錄，一邊看一邊生氣。

穆傾瑤當然不願意給，然而根本搶不過沈築杭，聊天記錄還是被看到了一部分。穆傾瑤都是一邊聊一邊刪，沈築杭看到的只有這兩天的。

沈築杭發現，這傢伙是真的跟顧爵吐槽自己不少東西，既然這麼嫌棄他，分手多好啊，還能自由，還能跟顧爵在一起。

沈築杭問她：「妳真的以為他喜歡妳？妳如果不是穆家的，他理都不會理妳，還不是想要妳買東西給他？妳還心甘情願，多傻？」

穆傾瑤解釋：「他幫我錄音，我送個禮物給他而已。」

「那妳買給他去吧，去吧。」

「築杭，你別生氣好不好？我以後不見他了。」

「那妳把他的好友刪了。」

穆傾瑤遲疑了一下。

沈築杭的脾氣頓時上來了，揚手給了穆傾瑤一巴掌，罵了一句：「妳他媽簡直不要臉，我因為妳跟童延他們都鬧翻了，結果妳卻做這些事情。我現在巴不得未婚妻是許昕朵，至少比妳漂亮，劈腿我都能接受。妳都長成這樣了還劈腿，是不是還要我誇妳幾句厲害？」

穆傾瑤被沈築杭打傻了，耳朵一陣嗚響。

沈築杭不想理穆傾瑤，大步走出室內花園，留下穆傾瑤一個人在這裡，呆呆地看著他離開的背影。

她的臉火辣辣的疼，耳朵的嗚響許久沒有恢復。

她在想，她當初怎麼會覺得沈築杭不錯呢，做的事情這麼渣男。

如果……最開始許昕朵回來後直接是真實的身分，讓許昕朵有沈築杭這樣的未婚夫，是不是更好？

♫

穆父回家的時候，已經晚上十一點多了。

那時穆母在穆傾瑤的房間裡安慰她，穆傾瑤哭到不行。

穆父走進穆傾瑤的房間，看著穆傾瑤問：「又怎麼了？」

穆傾瑤解釋的時候還在哽咽，聲音斷斷續續含糊不清：「沈築杭誤會、誤會我了，他……他還打我，他怎麼這樣啊……」

穆父沉默了五秒鐘，才走過來說道：「瑤瑤，妳聽話，情侶之間沒有不吵架的，我和媽媽也經常吵架。不能一吵架就鬧分手，妳說是不是？」

「可是他居然……動手打我，你看我的臉……腫、腫的啊！」穆傾瑤給穆父看自己腫起來的臉頰，確實有些慘烈。臉紅彤彤的，兩邊臉頰明顯不對稱。

沈築杭當時在氣頭上，下手很重。

穆父看著她繼續安慰：「瑤瑤，別無理取鬧了。」

「不是無理取鬧……這次如果，原諒他了……他以後不會家暴嗎？爸爸，你打電話給沈家，這婚約……算了吧。」

穆父有點疲憊，站起身來走到一旁脫掉西裝外套，坐在椅子上問穆傾瑤：「許昕朵是怎麼暈倒的？」

穆傾瑤沒想到穆父會突然問這個問題，只能搖頭回答：「我不知道。」

「沈築杭也打電話給我了，說他要跟妳分手，還說了所有的事情經過，就連之前的事情也說了。我在車上跟他聊了整整半個小時才安撫住他，說回來教訓妳。」

穆傾瑤慌張得睜大了一雙眼睛，不安地看著穆父，回答道：「事情不是……他說的那個樣子的，他肯定會、會誇張了說！」

「妳跑去跟別的男孩子擁抱，他才生氣的不是嗎？」

「他之前還跟我們班的一個女生單獨去看電影……」

穆傾瑤的話還沒說完，穆父直接將小桌掀翻，桌上的東西嘩嘩落地。桌面上還有一瓶花，穆傾瑤喜歡房間裡有香味，喜歡買鮮花，這是多年保持的習慣。

此時花瓶破碎，水和花瓶碎片飛濺了一地。

穆傾瑤嚇得身體一顫，立即抱住穆母。穆母同樣震驚，卻還是下意識地安慰穆傾瑤。

「妳還不清楚妳現在的位置嗎？」穆父壓低聲音說道，就好像壓抑什麼的野獸，「妳的作用就是跟沈家聯姻，不然根本沒必要把家裡搞成這樣，大家貌合神離的，做這樣的決定就是為了你們的婚約！」

穆父突然變臉，母女二人始料未及。

穆傾瑤嚇得繼續痛哭，不敢說話。

穆父繼續說道：「妳怎麼到現在都沒搞清楚妳的作用？還去搞這些亂七八糟的事情！妳現在就應該牢牢的抓住沈築杭，他是妳唯一的救命稻草，不然我為什麼要把妳留在穆家？」

「我不是您的女兒嗎？」穆傾瑤哽咽著問。

「是！妳是！妳享受了十七年的穆家千金待遇，還有沈築杭這種家世背景的未婚夫，妳比我親生女兒的待遇好多了，讓妳嫁給他怎麼了？按照妳的真實身分，能不能吃飽飯都不一定。還家暴？妳活該被打，女的出去招蜂引蝶的，不就是犯賤？打妳巴掌就算家暴了嗎？妳怎麼那麼金貴？真把自己當千金小姐了？」

穆傾瑤從未見過這麼面目猙獰的父親，嚇得發抖，心在滴血。

她曾經想著，穆家父母是念及十七年的感情，她是被穆家父母從小帶大的，肯定有親情在，父母捨不得她。

在這一刻她才意識到，在穆父的眼裡，她只是跟沈家聯姻、捆住沈家的工具。

她之後和沈築杭結了婚幸不幸福、會不會被欺負、沈築杭會不會出軌都無所謂，只要和沈築杭在一起就行。

她在穆家裡依舊是千金小姐，也是因為這個。

如果沒有婚約，說不定她現在就要滾蛋了……

穆父不願意看到穆傾瑤哭，實在是最近都看膩了：「妳要是有點腦子，就在妳臉好了之後跟沈築杭道歉和好，也別再搞這些亂七八糟的事情。要麼學聰明點，要麼捲鋪蓋卷滾蛋，穆家只留一個兒子也行，你們全都給我滾！」

穆母呵斥道：「穆文彥！」

穆父深深地嘆了一口氣，說道：「沈築杭還算給妳留面子，這些事情都沒有跟家裡說，妳現在還有挽回的餘地。」

穆父說完直接離開房間。

穆母趕緊安慰穆傾瑤：「瑤瑤，爸爸也只是生氣了，妳別怕，我們還是愛妳的。」

穆傾瑤的眼淚漸漸少了，她知道哭沒有用了，她已經開始被厭煩了。

她也知道，穆父的話恐怕是真的。

親生女兒都那樣對待，更何況她呢。

♫

婁栩在週日一大早打電話給許昕朵，語氣興奮到不行：『朵朵！沈築杭打了穆傾瑤！』

「他還打人？」許昕朵嚇了一跳。

『嗯，對著臉打了一巴掌，都要鬧分手了，後來被你們的爸爸平息住了。以前聽說男生打女生我會很生氣，覺得這個男的不像個男的。結果這一次居然覺得特別解氣，我怎麼這麼雙標呢，哈哈哈哈！』

許昕朵昨天熬夜了，看書學習怎麼下圍棋，說不定以後能贏呢。

結果看著看著就入迷了，晚上三點多才睡覺，婁栩打來電話的時候她剛醒不久。

她躲在被子裡扶著額頭，緩了緩神才問道：「妳怎麼知道的？」

『沈築杭和李辛檸吐槽的時候說的，李辛檸扭頭就告訴了好幾個人，我也知道了。』

此時許昕朵居然還有點慶幸。

幸好從小就被換掉了，不然沈築杭現在的女朋友說不定是她，她是一點都看不上沈築杭，總覺得這個男的不但渣，還特別蠢。

她如果是被穆家培養大的，也不知道會是什麼樣子。

她拿著手機站起身來，走到窗戶邊拉開窗簾，難得的大晴天。

湛藍的天，飄著朵朵白雲，漫畫一樣的天空，看了讓人心情愉悅。

「我覺得他們短時間分不了。」許昕朵看著窗外說道。

許昕朵也想的明白，知道這一次一定會吵架，但是分手還是不可能的。

妻栩十分詫異，問：『都這樣了還不分？』

「私底下談戀愛的話，也許就分了，但是他們是有婚約在的，牽扯著兩家利益。這種事情在他們看來都是小事情，情侶間小打小鬧而已，不會鬧大，這次多半會平息下去。」

『唉，白興奮了。』

「但是，有了矛盾就會在心裡埋下種子，矛盾還是在的。而且，也算是讓兩個人都瞭解到對方是什麼人了吧？」

妻栩那邊似懂非懂，卻還是十分興奮：『朵朵，週末有沒有空？』

許昕朵秒速拒絕：「不去看帥哥。」

『不不不，這次不看帥哥，我們出去小小的慶祝一下好不好？』

「怎麼慶祝？」

『我請妳吃大餐，我們去購物，去逛街！』

許昕朵週末確實沒有什麼事情可做，於是很快答應了。

她掛斷電話後去洗漱，走出來到衣帽間打開衣櫃看了一眼，沒幾件衣服可穿。

是有幾身禮服，但是……誰穿這個逛街啊！

許昕朵的身材很好，但是衣服不太好買。她腰細腿長，腰合適褲長不合適，所以通常只穿彈力褲配裙子，褲子實在是買不到。

童延說過要幫她訂做，不過她沒同意，一件褲子幾千塊，瘋了嗎？

確實該買幾身衣服了，不然她都沒什麼能穿出去的日常服。

商場就在她家對面，她只要在婁栩快要到的時候下樓就可以了。

婁栩今天出奇的興奮，和許昕朵一起逛街，買了很多小東西、衣服，還非要跟許昕朵買閨蜜裝，等試衣出來兩個人一起照鏡子，婁栩又放棄了。

婁栩看著鏡子說道：「同款不可怕，誰醜誰尷尬。」

其實婁栩的個子有一百六十八，在女孩子裡這絕對算是女神身高了。

但是站在身材比例好到逆天的許昕朵身邊，她看起來實在不太好看，穿同款衣服後對比太強烈了。

許昕朵頭小，身高一百七十五，標準的九頭身美女。

最後，兩個人還是放棄了。

購物、看電影、吃吃喝喝一條龍，兩個人在傍晚一起去了一家私家小廚。

婁栩將買的東西都放在一旁，小聲跟許昕朵說：「他們家的東西都是私人訂制的，比如妳喜歡吃什麼菜，這個菜是什麼口味的，喜歡鹹一點還是淡一點都可以訂做。味道超級棒，真的，良心推薦。」

「我們現在點菜嗎？」

「我點完了，他們這裡需要提前一天說菜單，他們單獨為我們購買材料，接著按照預定時間開始製作。我們來的剛剛好，所以馬上就可以吃了。放心吧，我跟魏嵐打聽，讓魏嵐去問童延，妳的口味我都知道了。」

等菜上來之後，口味的確十分符合許昕朵的喜好。

許昕朵喜歡吃酸的和甜的，所以，許奶奶經常按照許昕朵的口味做東西吃。

童延最怕酸的，然而過去只能承受，吃得兩眼淚汪汪。

許昕朵吃了一陣子後，又端上來兩杯粉色的飲品。

此時的許昕朵已經完全相信，這是按照她喜好上的食物了，於是直接喝了一口。味道像是氣泡水，常溫的，喝起來還挺溫和的。

她又喝了兩口之後，繼續吃飯。

婁栩吃了幾口飯菜後問：「妳為什麼不說話了？不合口味？」

「哦，我吃飯的時候不習慣說話。」

「明白，其實妳也不用說話，看著妳吃我都開心。」婁栩咀嚼著東西，笑眯眯地看著許昕朵。

她一開始絕對是被許昕朵的顏值吸引的，總覺得這個女孩子怎麼看怎麼美，簡直就是仙女。相處之後就發現，許昕朵是一個很不錯的女孩，兩個人聊得來，看到許昕朵被欺負，婁栩比誰都生氣。

這種女孩子婁栩願意結交，也願意對許昕朵好。

她特別心疼許昕朵。

婁栩完全將許昕朵當成朋友，不然也不會提前準備這頓晚餐。

吃了大半，婁栩才想起什麼，問許昕朵：「這個果酒妳喝著怎麼樣？是不是一點酒味都喝不出來，就跟飲料一樣。」

「果酒？」許昕朵詫異。

「嗯，我只記得問菜品，忘記問妳喜歡什麼飲料了，反正不是涼的就行，我就按照我喜好來了。這個果酒也是他們自己調的，味道特別棒，我每次來都喝。」

「度數大嗎？」

「不知道，反正我從來沒醉過。」婁栩沒說，他們全家都是千杯不醉的體質。

許昕朵看著只剩下杯底的果酒，再思考自己的酒量，稍微有點不安。

不過婁栩是一番好意，許昕朵也不能拒絕，繼續和婁栩一起吃飯，只是暗暗加快了速度打算趕緊回去。

她看著婁栩上了他們家的車，才拎著自己的購物袋朝自己家走……

♫

今天尹嫿來童延的別墅，帶了一些東西給他。

童延打開盒子看了看，問：「吃的？」

「嗯，買酵素給許昕朵的時候順便買了你能吃的，每個的服用方法都寫在便利貼上了，你看一看，店裡會定期送過來。」

童延拿著袋子裡的東西看了看，說道：「妳啊，就是那種愛買保健品的人。」

「許昕朵的身體調整確實需要這些東西，效果不是特別快，但是也能慢慢調整過來，變成正常指標。她要吃的比你吃的還多呢，這是單子。」

童延看著購物名細一樣長的單子，有點震驚，這些東西吃完，許昕朵大概都不用吃飯了，酵素就夠她吃飽了。

童延拿著單子晃了晃：「太誇張了吧？這也太多了。」

「這還是我詢問之後，怕影響效果去掉了幾樣，才剩下這些的。」

「妳可別讓她看到價格，不然她不會吃的。」童延看到這些東西，一季就要四十五萬的價格，他打賭許昕朵不會接受的。

告訴許昕朵一季四千五，許昕朵都會掂量掂量，四十五萬肯定會拒絕。

許昕朵吃他一些，喝他一些理直氣壯，但是太貴就不要了，這一點這麼多年都沒變過。

「你送禮物難道不撕掉標籤嗎？」尹嫿問。

「嗯，那就行，妳幫她弄吧，我先把這幾樣送上樓去，妳先坐一下。」

「好。」

童延拎著東西上樓，順便收拾一下自己的房間，生怕尹嫿突襲他的房間時看到一地的漫畫書。

他的個人房間一向不喜歡別人進入，傭人也只是定期才進去一次。

家裡的傭人倒了一杯紅茶給尹嫿，尹嫿剛喝了一口，就看到有人推門走進房子。

童延的別墅外需要刷卡，進入大門開始有密碼，這個人都暢通無阻地進來了。

許昕朵手裡還拎著購物袋，走路的時候有點飄。她搖搖晃晃地走進來，看到尹嫿之後眼睛一亮，爽朗地問道：「媽，妳怎麼有空來我這了？」

尹嫿看著許昕朵的動作一頓，接著瞬間揚眉，將紅茶杯放回瓷盤上，不動聲色地回答道：「過來送點東西給妳。」

周圍還有詫異的傭人，被尹嫿擺手趕走了。

許昕朵笑嘻嘻地換鞋，購物袋放在門口，接著走到沙發上坐在尹嫿旁邊，跟她說道：「我和朋友逛街去了，她請我吃飯，點了一杯果酒給我，完全喝不出酒味來！」

尹嫿抬手順了順她的後背，問道：「然後就喝醉了？」

「沒有，我還挺清醒的，只是……司機不太理解我的話，可能表達有點不清楚……媽，妳能理解我的意思吧？」

「能。」尹嫿微笑著點頭。

「嘿嘿。」許昕朵對著尹嫿笑了一下，低下頭湊過去，尹嫿立即摸了摸她的頭。

這種小舉動的默契好像很早就有了，兩個人配合得十分自然。

被摸了頭之後許昕朵十分開心，又搖搖晃晃地起身，走向鋼琴說道：「妳難得過來，我彈琴給妳聽吧，妳想聽什麼？其實也有好幾天沒練琴了。」

「這麼開心，就〈小狗圓舞曲〉吧。」

「好。」

許昕朵坐在鋼琴前，掀開琴蓋，沒有譜直接盲彈。

〈小狗圓舞曲〉是一首非常歡樂輕快的曲子，曲風活潑可愛，是蕭邦非常罕見的風格。就算許昕朵有點醉了，依舊能很好的詮釋。

童延聽到鋼琴聲下樓，還以為是尹嫿彈的，看到許昕朵之後都傻了。

他快步走過來，湊過去問許昕朵：「妳怎麼來了？」

許昕朵看到童延立即停下來，雙手捧著童延的臉問：「怎麼回事！」

她靈魂出竅了嗎？

童延還想問呢：「妳怎麼回事？」

許昕朵回答得特別茫然：「我沒事啊！」

童延發現許昕朵不對勁，扶著她問：「妳喝酒了？」

「我跟你說，那個果酒好好喝。」許昕朵回答完開始傻笑。

童延立即懂了，許昕朵這個一杯倒喝果酒都醉了。他慌得不行，扶著許昕朵跟尹嫿解釋：

「媽，我同學喝醉了，走錯地方，要不然妳先回去？」

「我不想回去，很累了，就在你這裡住吧。」尹嫿回答完，起身上樓梯上樓。

她也不糾纏，怕童延太慌張。

然而走上樓的時候卻在笑，笑得特別開心，覺得兩個小傢伙真的很可愛。

童延趕緊問許昕朵：「妳剛才沒亂說什麼吧？」

許昕朵像是失憶了，蹙眉努力回憶，接著搖頭：「沒有啊……」

「那就好，我送妳回去。」

結果許昕朵站起身，直接朝著樓上童延的房間走：「我想去洗個澡，逛了一天街好累，都出汗了。」

童延追著許昕朵走，然而根本掙扎不過許昕朵，剛把許昕朵扛起來許昕朵就開始亂叫，只能把人放下來。

尹嫿就在家裡，驚動了尹嫿可不好。

許昕朵進了童延的房間，童延跟在她身後說道：「妳不能在這啊，我媽在這呢。」

許昕朵沒理童延，房間門一關就開始脫衣服，同時朝浴室走。

童延還想勸幾句，看到這架勢立即轉過身去，沒多久就聽到了放水的聲音。

他回頭看了一眼，發現浴室的門還開著一條縫，沒有反鎖，內衣就脫在門口，隨便扔在地面上。

童延只能妥協，走到衣帽間裡找能給許昕朵穿的衣服。

很多男裝她都能穿，只是有點肥大而已，但是內衣他是真的沒有，最後找了旅行裝的一次性小褲褲放在浴室門口，說道：「內衣妳就穿這件吧，我幫妳準備一件褲子，妳出來的時候穿這個就行，然後睡衣穿我的。」

說完，許昕朵沒理他。

他又叫了一句：「許昕朵。」

許昕朵依舊沒理。

童延立即覺得不好，他房間的浴缸很大，許昕朵不要泡在裡面睡著淹死了，趕緊推門走進去。

進去就看到許昕朵躺在浴缸裡，真的睡著了，身體再往下滑一點就要被淹沒了。

他翻了個白眼，罵著拿來的浴巾，走過去放掉浴缸裡的水。童延努力做到非禮勿視，努力不去看她，等水放乾淨了，直接將浴巾丟在許昕朵身上。

然而……沒平鋪，他還要扯一扯才行。

說真的，在許昕朵身體裡的時候很自然，那時候沒有太大的感覺，覺得就是自己的身體，沒事。

但是從自己的視角看，就覺得視覺衝擊感很強。

他將許昕朵拽出來用浴巾包著，抱著她走出浴室。

許昕朵的頭髮頭頂還是乾的，只有髮尾是濕的。童延只能將許昕朵放在床上，再去浴室裡取來毛巾，幫許昕朵擦髮尾。

這個時候許昕朵醒了，睜開眼睛迷迷糊糊地看了童延一眼，接著翻了個身。

童延只能跟著她一起移動位置，手裡還在幫她擦頭髮。

浴巾有些散開了，本來就不是完完整整圍在身上的，此時更是露出了些許身體和長腿來。

許昕朵看著房間，再看看童延：「為什麼我能看到你呢？」

「因為妳現在在自己的身體裡。」

「哦……」

「妳住我這裡？」

「嗯，我好睏啊。」

童延氣得咬牙切齒。

但是他就是拿他的姑奶奶沒轍。

沒那個酒量還喝酒，幸好是來他這裡了，要是跑到別的地方去了怎麼辦？

童延再次開口：「妳起來把睡衣換上。」

許昕朵特別聽話，立即坐起身來，浴巾直接掉了。

童延趕緊放下毛巾，幫她把浴巾圍好，由於是在自己的視角看這具身體，到底是有點手忙腳亂，好半天沒圍好。

童延崩潰得直說髒話：「靠……妳是女的啊！別不把我當外人啊，我是男生啊！」

許昕朵突然伸手抱住童延，將臉埋在他的懷裡：「我碰到你了！」

童延確定浴巾圍好了，也不在意她的動作，只是對她說：「我去把睡衣和衣服拿過來，我出去，妳自己把衣服換上，換好之後叫我好不好？」

誰知許昕朵鬆開了他，張開手臂開心地說道：「換衣服！」

「嗯，妳自己換衣服。」

童延走過去，拿來他提前準備好的衣服，放在許昕朵的面前。

許昕朵還是張開手臂，繼續說：「換！」

「妳是讓我幫妳換？」童延指著自己問。

「嗯。」

童延愁得直撓頭，想了想也簡單，他把睡衣套在浴巾外面，直接幫她扣上釦子。

接著拿著小褲褲糾結這個該怎麼套？要不然直接套褲子吧？

許昕朵看著童延看了半晌，突然捧著童延的臉，在他的臉頰上重重地親了一口，發出「啵」的一聲。

童延都被許昕朵親傻了，動作完全停下來，愣愣地看著她。

接著看到許昕朵笑著對他說：「這張臉真好看，都看不厭。」

「妳少跟婁栩接觸吧，都被她帶歪了。」

「確實好看。」許昕朵說完還要親童延一下，這次是對著嘴的。

童延抬手擋了一下，順便敲一下她的額頭：「別亂來。」

他也不管許昕朵了，直接退開指著褲子說道：「妳自己穿！我去要一份醒酒湯給妳。」

童延說完走出房間，找傭人準備醒酒湯。

他又走到門口，看著許昕朵帶來的購物袋蹲下身翻找，想要看看許昕朵有沒有買內衣，確定沒有後就放棄了，安排人將購物袋放在門口的置物櫃裡。

再次上樓的時候看到許昕朵睡衣已經穿好了，躺在被子裡快要睡覺了。

不是能自己穿嗎？

是看到他在旁邊，想跟他撒嬌？

他無奈地坐在一邊看著許昕朵躺著半夢半醒的狀態，抬手摸了摸自己被親過的臉頰，又好氣又好笑。

不過想到許昕朵說他帥，還百看不厭，就忍不住笑起來，這點倒是讓他挺開心的。

不跟她計較了。

轉念一想，他抬手揉了揉自己的額頭，真不知道該怎麼和尹嫿解釋。

發了一下呆，傭人端著醒酒湯過來，餐盤上有勺子，還有吸管，準備得很齊全。

童延叫醒許昕朵，扶著她坐起身來，端著醒酒湯吹了吹說道：「妳把這個喝了，不然明天一定頭痛。」

許昕朵還是迷迷糊糊的，主要症狀是睏。

童延用勺子餵她，她有點吞咽不進去，只能讓她用吸管喝，結果喝到一半又要睡著了。

童延看著她這副樣子很無奈，放下醒酒湯幫她擦了擦嘴唇，盯著她的嘴唇看了半晌，突然想，是不是電視劇裡都是嘴對嘴餵的？

想了想又很快搖了搖頭，想什麼呢，被親暈了是不是？

許昕朵又睡著了，他也不打算讓她喝剩下的那碗醒酒湯，隨手放遠了一些，怕許昕朵晚上碰倒。

他在衣帽間裡拿出自己的衣服後，走過來幫許昕朵蓋被子，聽到許昕朵含糊地說：「沒洗乾淨……想洗澡……都是汗。」

「妳別洗了，剛才差點淹死。」

結果許昕朵又要堅持著爬起來，睡得一點也不安穩。這傢伙喝醉酒之後真磨人，童延這輩子，只能耐著性子伺候許昕朵了。

童延趕緊把許昕朵按住，想起許昕朵洗澡就覺得後怕，本來都準備去客房睡了，又不敢離開了。

他只能換好睡衣後，留在這個房間裡睡，又怕他睡著之後許昕朵自己去洗手間裡洗澡。

想了很久，他最後決定反手戴手錶，用一根繩子綁在他的手錶和許昕朵手錶的錶帶上，接著躺在許昕朵身邊。

這樣許昕朵晚上如果爬起來他能知道。

躺下之後關上了燈，房間裡陷入黑暗。

童延仰面躺在床上，聽著身邊的呼吸聲，居然有點睡不著。

他不習慣睡覺的時候枕邊有人，就算換到鄉下去，許昕朵也有自己的房間。

許久後，他才側頭看向許昕朵。

此時眼睛已經適應黑暗，讓他能夠看清許昕朵的輪廓，熟睡時沒有平日裡清冷的模樣，多了幾分乖巧。

讓她清冷的是那雙眼睛，閉上之後就溫柔許多。

此時她睡得很沉，氣勢全無，只是一個缺乏安全感，需要人照顧的小女孩而已。

他許久沒能入睡，能夠清晰地感受到許昕朵翻身，接著朝他靠過來。

他的房間裡很暖和，許昕朵還是習慣性地朝著溫暖的東西湊過去，被許昕朵摟著手臂，臉頰依靠在他的肩頭，他更難以入睡了。

呼吸聲在他的頸窩間散開，噴吐在他的皮膚上，在他的紋身上環繞，癢癢的，柔柔的。

他原本已經迷迷糊糊要入睡了，突然感受到了不安，側頭去看就看到許昕朵在蹙眉。

大概又是腸胃不舒服了吧？

她的破腸胃就算沒吃不乾淨的東西，也會時不時發病，這點童延都瞭解。

童延伸手去幫她揉肚子，讓她能舒服一些，隨後打了一個哈欠，也睡著了。

♫

清晨，許昕朵睜開眼睛，看到童延近在咫尺的臉。

她愣了一瞬間，低頭看了看，她穿著童延的睡衣，此時，她的手抱著童延的右手，他的左手還環著她的腰。

她緩緩往後移身體，成功脫離童延的懷裡，結果起身時感覺拖拽了什麼。

回過頭就看到她的手錶上綁著一根繩子，她用力後，拽著童延的身體平移了兩個身位。

童延本來睡得就晚，一大早被人用這種方式弄醒，忍不住啞著嗓子說：「許昕朵，我就應該把妳扔出去！」

許昕朵趕緊道歉：「我不知道這裡有繩子，我現在就解開。」

在她解開錶鏈，去解繩子的時候，不由得覺得奇怪，坐在床邊問童延：「我為什麼在你這裡？我記得我回家了啊。」

童延依舊躺在被子裡，等待許昕朵解開繩子，同時回答：「我也想知道妳為什麼突然就跑過來了，還在樓下彈鋼琴，最可怕的是當時我媽也在。」

許昕朵完全想不起來發生了什麼，苦惱得不行，問：「我沒幹什麼吧？」

「我還想問妳呢！」

許昕朵終於解開繩子，無奈得直揉臉，問他：「我們之間為什麼會綁著繩子。」

「妳鬧唄。」童延回答完就翻了個身，「別吵，我再睡一下。」

許昕朵自知理虧，也不敢招惹童延，進了浴室裡獨自洗漱。

童延房間裡牙刷沒有備用的，她在櫃子裡找到了電動牙刷備用的頭換上，洗漱用品用童延的，反正她平時也常用。

洗漱完畢後，她在房間裡找到衣服，穿好之後走出來，童延還在睡回籠覺。

她的校服在另外一棟房子裡，要叫德雨過來接她，接著再去上學，也不知道時間來不來得及。

在等待的時候有人來敲門。

許昕朵猶豫了片刻後，走過去開門問：「怎麼了？」

「夫人叫二位下樓吃晚飯。」

「好，知道了。」

許昕朵只能去叫童延，童延打著哈欠起身，去浴室裡準備洗漱，許昕朵趕緊追進去：「牙刷的頭記得換一下……」

童延正在擠牙膏，扭頭看了她一眼後反應過來，於是低下頭去換牙刷的頭。

許昕朵這才注意到，童延洗漱的時候是光著膀子的，她趕緊退了出來。

兩個人一起下樓，到了餐廳裡吃早飯的時候，許昕朵伸手拿醋，倒進雲吞的湯裡。

童延無精打采地用勺子翻攪，覺得有些燙。

尹嫿在這個時候走過來，坐在兩個人對面。

許昕朵立即正襟危坐，跟尹嫿道歉：「伯母，我昨天喝醉了，失態了，實在抱歉。」

尹嫿微笑著說道：「沒事，我沒在意。」

兩個人開始悶頭吃早餐，尹嫿突然開口：「延延今天又不喜歡吃醋和香菜了嗎？」

童延吃飯的動作一頓，接著抬眼看向尹嫿。

童延不吃醋和香菜，然而這些都是許昕朵的最愛。

家裡的小少爺時而喜歡，時而不喜歡，家裡這些東西都是裝在小碟子裡，如果想吃了，小少爺會自己加進去。

現在看童延和許昕朵的兩碗雲吞，畫風分明。

童延只能伸手去拿醋：「哦，只是還沒來得及加。」

尹嫿說道：「不喜歡就不要加，這個強求不來。」

許昕朵和童延同時安靜下來，偷偷看彼此。

他們都已經感覺到，尹嫿發現他們的祕密了，只是沒有明說，似乎是在等待他們先開口。

不然童延的家裡突然來了一個女孩子，兩個人還在同一個房間裡過夜，作為母親，尹嫿的確太平靜了一些。

許昕朵看著面前的雲吞麵，突然覺得這個也是尹嫿特別安排的，從口味這種小細節找破綻，也是尹嫿能做出來的。

她又偷偷看了看尹嫿，就看到尹嫿還在對她微笑，笑容溫柔，和記憶裡的尹嫿沒什麼兩樣。

是母親該有的樣子。

尹嫿見兩個人都不吃飯，這才說道：「你們先吃吧，我今天還有戲要拍。白天你們可以先串通好說辭，等我有時間了再來問你們，我覺得這會是一個非常有意思的故事。」

兩個人一起點頭。

尹嫿站起身朝外走，走到一半回過頭來說道：「房間我也在準備了，許昕朵下個月初就可以搬到我那裡去，我們一家人一起過年。」

童延和許昕朵再次對視一眼，接著點頭。

尹嫿很開心地離開了，這是尹嫿難得心情非常不錯的早晨。

等尹嫿離開了，餐廳裡只剩下他們兩個人，許昕朵放下餐具嘟囔：「我覺得媽媽是猜到了。」

「應該是。」童延還有心情繼續吃早飯，吃了一口後扭頭問許昕朵，「妳為什麼愛吃醋呢？我就不愛吃，我從來不吃醋。」

許昕朵嘆氣，有點搞不清楚尹嫿的態度，心裡不安：「會不會被送去研究切片？」

「不至於，我是她兒子，親生的。」

「奶奶知道我們的事情，我不會害怕，媽媽知道我卻很害怕，這是怎麼回事？」許昕朵扭頭問童延。

童延笑道：「媽知道我不害怕，但是奶奶知道的時候我是真的挺緊張，坐立不安。」

兩個人對視一眼後，童延抬手揉了揉她的頭：「放心吧，昨天媽還買酵素給妳呢，都是調理妳身體用的，她是想對妳好的。」

許昕朵點頭，知道這是瞞不住了，尹嫿太瞭解他們。

她要回家裡去換校服，隨便吃了幾口就準備走。

童延十分不解：「妳穿我的校服不就行了？」

「可是你的校服是男款。」

「男款怎麼了？男款的不是校服嗎？學校規定週一必須穿正裝校服，誰規定必須穿男女款了嗎？之所以大家都按性別穿，是因為他們沒有異性校服，學校沒發給他們。」

邪門歪道的理論，童延總是說得特別理直氣壯。

到最後許昕朵還是穿了童延的男生校服。

週一穿的是正裝，女生是白色襯衫，藍色的西裝外套，下身是藍色的百褶裙。到了秋冬季節，西裝外套可以換成毛衣外套，也可以自己搭配打底褲。

男生則是白色襯衫，藍色的條紋領帶，藍色的西裝外套和西裝褲，同樣是外套可以換成毛衣外套。

童延手裡有幾套校服，人傻錢多，覺得有點舊了就不想穿了，乾脆買了好幾套。要知道嘉華國際學校的校服加一起十幾套，費用超過萬元，一般沒人會多買。

許昕朵到房間裡穿上童延的白色襯衫，套上西裝褲子，褲子有些鬆，穿上腰帶就好多了。

她將褲管捲了一下，看起來有種工裝褲的感覺，順眼了一些。

把襯衫掖好，領帶繫上，穿上毛衣外套，看著鏡子裡的自己居然覺得還挺帥的。

為了這身衣服，許昕朵特地綁了馬尾，看起來乾淨俐落，有幾分中性的帥氣。

加之她本身氣勢就很強，走路的時候自帶帥爆全場的氣勢，竟然難得的合適。

許昕朵下樓後套上嘉華的羽絨服，小跑著出了門，德雨已經在等她了。

童延收拾好之後下樓，看到許昕朵已經走了。

♫

許昕朵先到學校，她走進學校後引來側目。

許昕朵並未在意，走進教室看到魏嵐正坐在桌子上朗誦莎士比亞的詩，正說到：「When lofty trees I see barren of leaves……」

看到許昕朵之後就噤聲了。

魏嵐在學東歐口音，用東歐口音讀詩別有一翻風味，結果被許昕朵轉移了注意力。

他看了看許昕朵身上的衣服，最後目光落在袖釦上，藍色的圓形袖口，印著的字母是童延的名字，是童延定制的袖釦……

魏嵐有點受不了，走出教室等童延。

等童延到學校就攔住了他，拽著童延到一旁。

童延站在欄杆邊一臉莫名其妙，看著魏嵐問：「幹什麼？」

「朵爺在你那裡過夜了？」

「她和你說了？」

魏嵐立即翻了一個白眼，跟童延說道：「你能不能控制一點？她才多大啊，啊？還沒成年呢，身體都還沒長好呢，是不是有點混蛋了？」

「……」童延的臉色漸漸難看。

「延哥，我知道你是初戀，又是一個荷爾蒙爆表的人，但是不能太超過。」

童延抬手扣住魏嵐，壓低聲音說：「老子什麼也沒幹！」

「你們在一起過夜了，然後什麼都沒幹，你信嗎？」魏嵐居然還能反駁。

「我怎麼可能對我兄弟下手。」

魏嵐震驚了，看著童延問：「延哥……原來你……這麼遲鈍的嗎？」

「我怎麼遲鈍了？」

「全世界都知道你喜歡朵爺，只有你自己不知道？」

第十四章　夢裡的吻

童延覺得魏嵐特別能扯，不願意理魏嵐了，直接大步流星地進了教室。

回到座位坐下時，許昕朵正在瘋狂補作業，這種景象童延也不是第一次見了。

兩個人常年交換，看不到彼此的日常狀態，他還以為許昕朵上學的時候是個模範生呢，結果這小妮子經常連作業本都不帶回家，早晨補作業也是常態。

學神也有自己的獨特騷操作。

童延剛坐下，面前就被放了一本作業本，他只能拿起筆來認認真真地幫許昕朵寫作業。

他們兩個人的字是刻意練過的，字體可以達到基本上一模一樣。當初兩個人想過字體有可能會被認出來，從最開始就一直在努力統一。

結果忘記統一口味的事情了。

這個也真的沒辦法統一。

正寫著早自習開始了，班長在早自習前跟班級裡的學生商量：「今天的作業要早點交，等一下有升旗儀式，我們統一穿毛衣外套吧，整齊一點。」

升旗儀式和課間操的時候，要求的是各班統一，倒是不會要求全校一致，這點還算寬鬆。

蘇威懶洋洋地舉手：「我提議統一穿羽絨服外套，反正都是清一色的黑色。」

當初設計羽絨服外套的時候，本來是女生粉色，男生黑色的設計。

誰知道做出來之後女生也有很多人買黑色的，畢竟這個年紀的女孩子喜歡黑色的更多。到了他們這一屆已經沒有粉色的羽絨服了，全部都是黑色的。

班長遲疑了一下，問：「大家都帶羽絨服了嗎？」

有人不合群地回答：「我不怕冷沒帶。」

一般這種情況都會變成依舊是穿毛衣外套，結果童延突然開口：「沒帶就去借！」

童延開口後，全班鴉雀無聲。

之後再沒有疑議，全班穿羽絨服去參加升旗儀式。

魏嵐晃著椅子靠攏過來，問童延：「你不是火力旺，最討厭羽絨服的嗎？」

「她怕冷。」童延繼續幫許昕朵寫作業，不解釋她是誰，魏嵐也能猜到。

魏嵐點了點頭，開始哼歌：「如果這都不算愛……」

要出教室參加升旗儀式的時候，黃主任走過來找到童延他們，要求他們在升旗儀式的時候念檢討書。

童延頓時不想去了，雖然童延他們平日威風凜凜，但是黃主任態度特別好，都說抬手不打笑臉人，只能妥協。

黃主任名叫黃花，也不知道取名的時候是怎麼想的，明明是一個金髮碧眼的美女，卻取了這樣的名字。尤其是現在黃主任有孕在身，童延他們也沒再說什麼，老老實實地準備了。

升旗儀式的時候，班級的排列是按照身高站的，許昕朵站在隊伍的最前排，能夠清晰地看到升旗臺。

首先是校長主任講話，之後就是被通告批評的學生上臺念檢討書。

第一個上來的是印少疏，他上來後抖了抖手裡那張紙，清了清嗓子說道：「我是高一十班的印少疏。」

印少疏的聲音有點啞，是標準的菸酒嗓，對著麥克風說話的聲音還挺低沉的，然而說出來的話實在讓人不敢恭維：「我錯了，我不該在考試的時候晃椅子，打擾許同學考試。打擾了許同學，會引來童同學的不高興，所以我們打了一架。」

這段讀完，全校爆發出一陣哄笑，聲音極大，許久停息不下。

許昕朵站在隊伍裡覺得不少人朝她看過來，只能故作鎮定繼續站著。

印少疏繼續往下讀：「童同學雖然不是個東西，許同學也太不講理了點，但是他們還算有江湖義氣，打完一架之後再未糾纏，我也打算放過他們。」

印少疏的檢討書念得像公開示眾，許昕朵聽得恨不得衝上去再跟印少疏打一架。

這傢伙太欠打了。

有錢人家的孩子長大全靠保鏢保護吧？

童延身旁的魏嵐在臺下大笑起來，笑得直跺腳，像在寒風中抽了羊癲瘋，還是突發性的。

蘇威在努力忍耐，還是沒忍住，「噗哧噗哧」好幾次。他努力低頭憋笑，還時不時瞥童延一眼，看起來也不太正常。

童延看了看臺上的印少疏，再看看身邊的朋友，表情越來越不好看。

之後，童延上臺讀檢討書，他本來寫了挺長的，結果也沒看，對著麥克風說：「我是高二國際四班的童延。沒錯，惹了許同學，童同學會生氣，所以不要惹許同學。」

這句話說完，引來一陣起鬨的歡呼聲。

檢討書念成演唱會的效果，天底下也只有童延了。

許昕朵抬頭看向升旗臺，結果跟童延對視到，童延也在笑，眼眸彎彎的看著她。

四目相對後，許昕朵突然就不氣了，被童延哄好了。

之後童延老老實實地讀檢討書，後面還有魏嵐他們一眾人。

升旗儀式就此結束。

然而這一天卻像官宣了一樣，全校都知道一件事：童同學在護著許同學，惹了許同學，就別想好過。

♫

由於溫度的問題，之後的網球比賽改在室內場地進行。

這對於許昕朵來說絕對是最好的情況，室內有暖氣，這樣她更能施展開了。

童延來看許昕朵比賽的時候提醒：「妳注意一點，別受傷了。」

「嗯，好。」

硬場地就是這樣，場地地面很硬，反作用力非常強，容易對運動員造成損傷，尤其是腳踝和膝蓋。

童延將自己的球拍遞給許昕朵，說道：「妳握著可能會粗，換成超薄的吸汗帶吧，這個是乾型的，需要我幫妳纏嗎？」

許昕朵搖了搖頭，坐在椅子上親手纏吸汗帶。

她之前在童延身體裡的時候，常用童延的球拍，用著也算順手。不過童延的身體比她有力量，他的臂長也比她長，而且手掌也比她大。其他的調整不了，只能調整吸汗帶。

許昕朵上一次比賽太匆忙，童延沒來得及幫許昕朵準備任何東西，這一次能在比賽之前稍作準備。

童延看著她的動作說道：「我送妳一個球拍吧。」

「我贏比賽才五千獎金，你這個球拍就三千多吧？」許昕朵拿著球拍掂量了兩下，問他。

「嗯。」

「沒必要，我只是為了獎金。」

她用童延的身體用慣了，在鄉下的時候能自己練武，有電子琴練琴，但是網球沒有練過。所以她現在還在用自己的身體努力習慣，第一場其實並沒有發揮得特別好。

休息的時候，她努力習慣這個球拍。

「手有點涼。」許昕朵玩了一下球拍後開始搓手。

這裡是室內體育館，雖然有暖氣，但是空間大並沒有教室裡暖和，沒多久許昕朵還是覺得有點冷。

童延看了之後叫來了魏嵐：「魏嵐，你過來一下。」

魏嵐正和女生搭訕呢，突然就被叫過來了，問：「怎麼了？」

童延指了指許昕朵身前，指揮道：「蹲下。」

魏嵐糊裡糊塗地蹲在許昕朵身前。童延抓著許昕朵的手，直接伸進魏嵐的後脖頸裡，許昕朵的手涼得魏嵐一個激靈。

魏嵐無奈，回頭看著童延問：「延哥，你這樣容易沒朋友。」

「那絕交吧。」

剛好這個時候，學校網球隊的教練過來了，找到許昕朵單獨跟許昕朵聊，希望許昕朵能考慮進學校的網球隊。

國際班的學生練習網球，有助於以後的留學。而且網球打得好了，他們還會到處參加全國、國際的比賽，還有出國訓練的機會，獎金十分可觀。

許昕朵離開後，魏嵐坐在許昕朵的位子，吐槽童延：「延哥，你自己泡妞別犧牲朋友啊，哪有你這麼幹的？」

「泡個屁啊，我怎麼可能對她下手？」童延越來越覺得魏嵐有點毛病，最近怎麼總是亂起鬨。

魏嵐點頭，說道：「行，就憑你今天這個舉動，我咒你半年內不能戀愛。」

蘇威一直在旁邊，聽完感嘆道：「半年啊……有點短，我覺得我們延哥開竅怎麼都要成年後啊？」

魏嵐特別深沉地搖頭：「不，半年很長了，如果他這個時間內不開竅，我們朵爺這種天仙一樣的女孩子早就被別人追跑了。」

蘇威：「朵爺天天和延哥形影不離的，誰敢追？」

魏嵐：「朵爺這姿色，足夠男生以身犯險的。」

童延聽完直翻白眼，身體微微後仰，雙腿牽伸，兩條大長腿頗為礙事，旁邊的學生人來人往卻沒人敢靠近。

許昕朵跟教練表示自己可以考慮一下，接著走回來，站在三個男生身前。

童延問她：「會考慮嗎？」

許昕朵搖了搖頭：「訓練的時間太久了，而且手如果有什麼問題，有可能影響彈鋼琴。相比較之下，我更喜歡鋼琴。」

「鋼琴比賽是什麼時候？」

「週三下午一次，週五下午一次，這兩次參加完就能確定能否入圍了，這兩天我要請假。」

童延點了點頭，還想說什麼，就看到邵清和跟穆傾亦走了過來。

邵清和過來的時候主動跟許昕朵說道：「抱歉，我看手機的時間少，才看到妳傳來的訊息。這個用訊息聊有點麻煩，我們直接當面說比較方便，妳現在有時間嗎？」

「嗯，有，我們去那邊說吧。」許昕朵指了指體育館的角落位置。

邵清和微笑著答應，看著許昕朵走到他身邊跟他並肩走開，穆傾亦也跟在旁邊。

這三個人走後，童延、魏嵐和蘇威陷入沉默之中。

緊接著，蘇威和魏嵐同時扭頭看向童延，就看到童延的表情以肉眼可見的速度垮了。

許昕朵在上午傳了訊息給邵清和，詢問做模特兒的事情。

週日和婁栩去逛街之後，許昕朵再次感嘆錢不夠花了。她剛剛搬來這邊住，很多東西都不夠用，需要買。

買吧，還不想買太糟糕的東西。

她自己用還好，但是童延比較挑剔，看到她買的東西不行，會買更好的送來給她，還不如直接一步到位。

她一個人出來住，雖然房子不用發愁，但是生活費用還是需要自己想辦法的。之後學費應該也要自己交，她需要提前準備好。

她的確可以靠童延，但是不想和童延成為依附關係，只能自己堅強。

思前想後，她開始動搖，想要試試看能不能做平面模特兒。

邵清和的性子很好，能夠做到有問必答，他暫時不知道的，還可以傳訊息詢問公司的人。

交談中許昕朵瞭解到模特兒只是邵清和家公司的一小部分，這家公司是投資型公司，主要做的是投資拍攝影視作品，讓自己公司的演員去當主演。

影視劇、演員、偶像才是他們的大頭。

模特兒這邊只是一個附屬的小部門而已，業績一直是整個公司裡最不好的一塊。

邵清和繼續說道：「其實妳可以去專門的模特兒公司，他們這方面做得更好。但是，圈內混亂，妳還是找一個熟悉的地方比較好，還能通融妳這種兼職。而且……」

邵清和用大拇指朝穆傾亦那邊指了指：「這邊還有一位看著呢，我們肯定不會讓妳被欺負的。」

穆傾亦最近沒臉和許昕朵說話，雖然站旁邊，卻也只是靠著牆壁站著而已，全程一句話也沒說。

此時被邵清和指了，才朝兩個人看了一眼，接著繼續沉默。

許昕朵沒理會穆傾亦，只是問：「需要簽長期合約嗎？」

「我們當然是想妳簽的，畢竟誰也不想前期培養完了，扭頭妳就不來工作，讓我們前期的培養付之東流。有的時候工作安排好了，妳卻放鴿子，我們一點辦法都沒有，這很不公平。而且，有一點束縛的話還能保持雙方利益，這個圈子裡有個性的人太多了，合約就是為了防止一些事情。」

「我可以提前看看合約嗎？」

「可以，合約是妳和妳的經紀人擬定的，我不參與，只是一個連絡人而已。」

許昕朵繼續問：「那我最開始的工作內容會是什麼？」

「我們和一本雜誌有合作關係，裡面的一些服裝、美妝相片我們會提供模特，他們雜誌還簽了我們公司的幾個模特兒，妳可以試試。還有就是拍攝一些相片，提供給期刊雜誌做插圖，或者青春小說的封面。當然，在此之前要進行培訓，培養妳的鏡頭感，以及快速擺姿勢這些。」

許昕朵點頭表示自己知道了，跟邵清和交換了經紀人的聯繫方式，打算週末見面聊。

那天邵清和也會陪許昕朵一起去。

另一邊。

童延覺得時間有些難熬，他看著許昕朵和邵清和他們聊了半天，也不見有結束的意思，就起身走了過去。

沒想到剛過來許昕朵就扭頭去參加比賽了。

童延腳步一頓，停下來站在比賽場地邊看比賽，卻時不時看向邵清和他們。他實在是不知道許昕朵什麼時候有邵清和好友的，還聊天了！

可惜邵清和、穆傾亦全程無視他。

許昕朵今天的比賽要比上一次猛多了，主要是今天體力跟得上，且溫度尚且合適。

她本來就是進攻型，還是那種腦子非常靈光的打法，會讓對方有種被戲耍的壓抑感。

最終比賽結束，對面的選手表情不太好，還比急了，說了一句髒話被裁判警告。

這一場比賽全程用兩個字就可以描述：碾壓。

許昕朵用無可匹敵的姿態，毫無懸念地成為了四強選手。

對方本來是學校網球隊的隊員，被一個非隊員的人這樣打敗，多少會有些挫敗感。

畢竟許昕朵打得真的是一點情面都不留。

不過許昕朵不在乎那些，她要錢。

她需要的是獎金，只有比賽，沒有友誼，友誼又不能讓她活下去。

兩方信念根本不一樣，較量自然不一樣。

比完之後，來看比賽的人都散了，許昕朵也準備離開，卻突然被人叫住，印少疏拿著球拍問許昕朵：「喂，許同學要不要來打一場？」

許昕朵回頭看向印少疏，冷淡地說：「我已經累了。」

「嗯，我知道妳累了，不用打三局，一局就行，我們切磋一下，我對妳的實力很感興趣。這樣吧，妳要是贏了，我之後的獎金給妳。」

印少疏參加男子組的比賽，且實力很強，大部分的人都覺得，印少疏是穩穩的第一名了。

印少疏在意的不是獎金，他只是喜歡打網球而已。

這五千塊錢對他來說根本沒什麼，他也不缺錢。

但是許昕朵缺。

她原本都打算走了，聽到這句話後又走了回來，站在比賽場地上問他：「誰發球？」

這是打算比了。

印少疏拿著球拍看著她，咧嘴爽朗大笑，這可真是直接不做作啊。

許昕朵就是這樣，不管你是誰，她誰也不服，這種性格印少疏還挺喜歡的。

「交替著來唄，又不是正規比賽，只是切磋而已。」印少疏拿著網球朝著發球點走。

許昕朵在自己的位置站好。

這兩個人突然要比賽，原本要走的人又留下了，他們很好奇許昕朵的真實實力。

童延又蹙眉，完全不受控制的那種。

通常，發球局對選手來說都是有利的。

因為發球時球員是在主動的位置，此時尚未受到對手干擾，還可以利用發球給對手造成麻煩。

印少疏也不謙讓，他手裡有球，就直接發球了。

他看到許昕朵站在內角區域，選擇了外角發球，還刻意採用了切削發球。使用這種方法會使得球落地後的外旋幅度增加，這樣許昕朵如果接球，接球角度增大，回球的品質就會下降。

接到球的一瞬間，許昕朵就感覺到印少疏的力量比之前的女隊員強出很多，回擊後她立即改變握拍方式。

與這樣的球速、力量較量，許昕朵若是力量不及，很容易造成翻拍。

體力是一方面，力量、靈活度也很重要。

一個攻擊型選手，也被逼迫著成了保守型打法。

她努力習慣印少疏的路數和力量，比賽的同時思考對策。

兩個人對陣後，每一輪的拍數都不少。

印少疏的網球打得不錯，長短結合，以及左右調動都能做到最好。他的腳下步伐很快，應變能力也很強，無疑是一名不錯的網球選手。

力量不及，許昕朵就改變策略，上旋高球連接下旋球，竭盡可能地利用比賽的場地立體空間，進行戰術攻擊。

比如，她會在印少疏的身體已經出發後才下拍打回頭。

或者是直接攻擊印少疏的身體，讓他不得不讓出位置回擊，導致球路不受控制。

小心機特別多。

許昕朵贏了。

體能上不及，好在許昕朵有腦子。

印少疏輸得不服不忿的，終於能體會剛才那位女隊員的憤怒了。全程被人戲耍的感覺，真的不太好。

他走過來拿球拍搭在球網上，叫許昕朵：「欸！」

許昕朵走過去看著他，問：「怎麼？」

「打得不錯啊，以後有空一起雙打啊？」

「我只參加這次比賽而已。」

印少疏有點不甘心：「妳這個水準不繼續練可惜了。」

「網球只是鍛煉身體而已。」

印少疏和許昕朵聊天的時候，看到童延沉著一張臉走了過來，忍不住嘟囔：「妳欠他錢嗎？他跟個債主似的。」

許昕朵回頭看了一眼，回答：「嗯，確實欠，還欠了不少。」

「我幫妳還債，妳陪我雙打唄。」印少疏也不怕童延，繼續大咧咧地問。

童延聽到這句話，不爽地替許昕朵回答了：「滾。」

印少疏看到童延就來氣，童延這小子打架手太黑，那天他們明明打平了，也讓印少疏渾身疼了好幾天，晚上直做噩夢。夢裡都是童延拿著鐵鍊要捆他，許昕朵在旁邊加油助威。又被閃又難受。

印少疏拿著球拍指了指童延：「你怎麼回事，天天揚著下巴用鼻孔看人，你瞳孔長鼻孔裡了是不是？看人的同時順便喘個氣。你看看你脖子上的那個刺青，跟個泥鰍似的，哪裡好看了，怎麼想的呢？」

童延氣得眼睛都瞪圓了：「你這個吊吊眼好意思說別人？」

許昕朵趕緊推著童延往外走，童延不解地看著許昕朵問：「妳護著他？」

「他的獎金還沒給我呢，饒他一命。」

「……」

童延氣鼓鼓的沒再說什麼，將下巴埋進羽絨服的領口裡埋頭往回走。

走了幾步發現許昕朵沒追上來，回頭就看到人沒了。

「人呢？」童延都要崩潰了。

先是和邵清和聊天，扭頭又去跟印少疏打網球，還討論混合雙打的事情。想一想他就覺得腦袋要炸了，這一回頭人又沒了。

魏嵐想笑，不過還是忍住了：「延哥，朵爺穿的是運動服，光著大腿呢，肯定要換衣服再回學校啊。」

童延：「……」

童延有點糾結，要不要等許昕朵，還是直接回去。

糾結了一陣子許昕朵走了出來，到童延身邊說道：「走吧。」

童延不爽地說道：「換衣服那麼慢，我換衣服就很快！」

許昕朵：「？？？」

突然發什麼脾氣？

她奇怪地看向魏嵐，魏嵐只是聳肩不回答，蘇威開始裝沒事人，自己在那裡自娛自樂哼調子：「蘇喂——蘇喂——蘇喂——」

♫

回到教室裡，許昕朵盯著童延看。

此時是最後一節課的時間，許多學生參加興趣班，放學鈴聲一響就可以放學了。

童延一個人整理書包，似乎已經準備好要放學了，許昕朵還是嘆氣，轉過身來主動跟童延說：「我和邵清和聯繫是想試試看做模特兒。」

「模特兒？」童延震驚地問。

「對。」

「穿內衣來回走的那種？」

「不是，平面模特兒。」

童延突然心裡鬱悶。

他想給許昕朵錢花，他甚至能確定許昕朵和許奶奶一輩子都能衣食無憂，就連尹嫿都願意撫養許昕朵。

但是許昕朵就是不願意接受。

他天天看著許昕朵為了幾千塊錢的獎金，每天累死累活的上課，參加比賽。現在小小年紀就要出去工作了，還是不讓人放心的工作。

童延突然問她：「和印少疏那種比賽贏來的錢，妳就要是不是？」

「嗯……」

童延突然拉著許昕朵起身，朝著學校圍棋班走，在門口刷了卡，走進去後班級裡還有沒下課的學生。

童延後對老師說道：「我借個棋盤。」

說完抬著一個棋盤走了出去，放在走廊裡，拿著棋子給許昕朵。

許昕朵問他：「我們下圍棋？」

「圍棋太久了，下五子棋，贏一局一萬塊。」童延說完首先落子。

許昕朵跟著下子，就發現童延完全在瞎走，比如她已經三個子連續了，他也不擋，自顧自下自己的。直到她五子連成了，他開始收棋子：「一萬了。」

說完，再次開始下子。

許昕朵不動了，只是無奈地看著他。

童延也看著她，問得理直氣壯：「我下不過妳不行嗎？」

「童延……你為什麼就是無法理解我呢。」

「我怎麼不理解妳了？我不想妳這麼累，也算不理解妳嗎？」

「你有站在我的角度想過嗎？我想在你面前有點尊嚴，不行嗎？」

童延看著她站起身，攏了攏羽絨服外套朝外走。

她的羽絨服到小腿的位置，還能看到她穿著他的校服褲子，褲腳挽著，褲管晃來晃去，可見那小腿有多細。

等許昕朵走遠了，童延看著棋盤一陣煩躁。

身邊的人說話陰陽怪氣的，說他不開竅。

許昕朵也是這樣的態度。

到底怎麼了？

哪裡不對了？

他就是想對她好，恨不得養著她，捧著她，畫個圈把她護起來，這也不可以嗎？

焦躁……

特別煩！

許昕朵和童延的關係尷尬了一天半，國際四班都壓抑到不行。

彷彿他們稍微做錯什麼，都會惹了這兩位大爺。

在許昕朵請假去參加比賽的時候，國際四班眾人齊齊鬆了一口氣。

童延本來是想去看許昕朵比賽的，說起來這還是許昕朵第一次用自己的身體去參加比賽。之前的比賽都是許昕朵想要參加的，童延對那些比賽不感興趣。她自己的身體不方便參加，這樣難免露餡，且沒有考過證書，乾脆就用童延的身體，這樣比較方便，不用多餘解釋。

然而許昕朵第一次比賽，他們兩個人就莫名其妙的吵架了。

正不爽呢，就收到了尹嫿的訊息：『聽說今天朵朵有比賽？』

童延：『嗯，是啊。』

尹嫿：『你去看嗎？』

童延：『業餘組的有什麼好看的？一群菜鳥互啄而已。』

尹嫿：『我想去看看，畢竟有朵朵在。』

童延看著手機，快速打字：『我也只事陪妳去。』

童延回完訊息，就拿起外套快速出了教室，同時傳訊息給自己的私人司機，讓他立即過來接自己。

套上外套，跟老師要了請假單後，童延坐在車上快速趕往比賽現場。

到達現場後和尹嫿傳了訊息，之後兩個人匯合一起買票進入。業餘組的比賽和其他的參賽選手比賽場地不在同一個地方，業餘組的比賽場地明顯不如專業選手的，且沒有多少人來看比賽。

他們輕易地買到票，每張票才二十五元。

母子二人坐下之後發現也不用如何喬裝，周圍沒有多少人，格外冷清。

童延此時的級別，參加的比賽都是座無虛席，這種寒酸的比賽他真的很少參加。

童延坐下之後開始跟尹嫿抱怨：「真搞不懂她，累死累活的參加這些比賽，獎金也沒多少，有必要嗎？我給她錢她還生氣了，我做錯了嗎？」

「嗯，做錯了。」尹嫿回答。

童延扭頭看向尹嫿，又問：「為什麼啊？我真的搞不懂。」

「她有自己的傲氣，不想成為需要完全依附於你的女孩子。她現在還需要上學，私立高中的開銷也不低，她都需要自己承擔。之後她還要去承擔她奶奶養老院的費用，就算把奶奶接過來住，請傭人的話那也是不小的開支。她才十七歲，已經很堅強了。」

「我可以幫她啊……」

「我說過了，她不想依附於你。」

童延特別搞不懂：「我完全不在意，我是願意的。」

「一方面，她或許有些自卑，看似強大，其實也只是一個敏感、脆弱小女生而已。如果她依附於你，她的自卑感會加重，增加她的心理負擔。另一方面，她很要強，你可以不在意，她也可以理所當然，但別人會怎麼看？覺得她就是被你養著的，那種非議，那種不友善的眼光都是要她來承受的。」

尹嫿說完這些後，童延低著頭不說話，垂著眼瞼，難受得不行。

尹嫿繼續說道：「如果你想對她好，就尊重她的選擇，默默的幫助她就好了。你這種強勢的對她好，對她來說其實是一種非常甜蜜的負擔。她知道你的好意，所以她拒絕得很為難，別讓她太難做人了。」

尹嫿的性格一直很強勢，此時卻難得溫柔起來，語氣不急不緩地解析許昕朵的事情。又彷彿在說自己的過往。

尹嫿理解許昕朵的心思。

童延沉默了許久，才特別委屈地說道：「我只是想對她好而已。」

尹嫿側頭看向他，忍不住笑起來，卻不說破。

沒多久後，許昕朵走上舞臺，走路間注意到童延和尹嫿，就算尹嫿帶著漁夫帽，她也一眼就認出這對母子。

稍微有點詫異，許昕朵還是很快冷靜下來，坐在椅子上開始她的演奏。

尹嬧在許昕朵尚未開始彈奏的時候，問：「聽說你最近練習〈鐘〉了。」

童延不由得蹙眉，還是點頭：「嗯。」

「是你在練，還是她在練？」

「她。」童延也不說假話。

這是尹嬧意料之中的答案，接著繼續問：「那你能達到什麼水準？」

「能考證書。」

尹嬧聽完有點絕望，好在不是最糟糕的答案。

尹嬧又問：「她自己的身體彈琴水準怎樣？」

「她會用電子琴練習，不過手指的靈活度不如我的身體，手指跨度也是。不過，水準還是有的。」

「上一次聽出一些小瑕疵，不知道她不喝醉的時候是什麼樣。」

許昕朵比賽的曲目是《月光奏鳴曲第三樂章》。

她今天穿著一件網紗的刺繡禮服，鵝黃色的底色，暗紅色的勾邊與刺繡花紋，頭髮挽起來，臉上有著得體的妝容，精緻且好看。

她彈琴的時候十分優雅，彷彿是一種享受。

尹嬧聽了一陣子，難免多看童延一眼：「你看看人家用電子琴練出來的水準。」

「……」童延怎麼覺得自己好像被媽媽嫌棄了呢？

與此同時，在另外一個比賽場地，有證書的比賽選手也在進行預選賽。穆傾瑤就在其中。

她的臉最近好了一點，洗臉之後結痂的部分也掉下很多，臉頰還有點腫，卻已經沒有大礙了。

此時有妝容的遮擋，不仔細去看她的臉，就沒有什麼問題。

她報名參加這次的鋼琴比賽，學校她沒有去，卻不能錯過這次比賽。

穆傾瑤也知道，最近的事情接連發生，家裡對她的態度已經大不如前了。

她跟沈築杭鬧翻，被穆父警告後，她自己也認認真真地想了。讓她像許昕朵那樣瀟灑地搬出去她做不到。

她沒有任何收入來源，大手大腳的日子又已經過慣了，根本無法想像離開家庭後，她要怎麼生活。

離開家，也證明她和沈築杭沒有可能了。那樣，沈築杭不會幫助她，那些塑膠姐妹花也不會管，她根本活不下去。

所以，她只能竭盡可能地挽回穆家對她的印象。

這一次的鋼琴比賽，就是她的第一步，她要讓穆家人和沈家人看到她的優秀。

這種級別的比賽，是他們學校那種天才級別的學生不屑參加的，她比不過童延，比不過另外一位藝術生。但是這次的比賽他們沒有參加，這讓她信心倍增。

她聽了所有選手的比賽彈奏，心中暗暗衡量，覺得自己奪冠的可能性很大。

她信心滿滿，上臺彈奏了自己準備好的曲目《月光奏鳴曲第三樂章》。

彈奏完畢，果然得到了全場最熱烈的掌聲。

她在掌聲中下臺，比賽結束後穆母走過來，恭喜她成為這次預選賽的第一名。

穆傾瑤興奮地說：「媽媽，等我總決賽的時候邀請爸爸和沈家叔叔、阿姨一起過來看吧，我想讓他們看著我拿冠軍。」

♫

許昕朵比賽完了，成績是業餘組第一名。

童延還傻乎乎的坐著，拿著手機打算傳訊移給許昕朵：『彈得還行。』

尹嫿湊過去看了一眼，抽了童延的手一下，趁著童延還沒傳出去前把訊息刪了。她帶著他到了場地旁，助理送來一束花，尹嫿拿給童延。

尹嬿對他說：「自己看著辦吧，我先坐車回家了，你帶著她搬著行李去我那裡。」

童延拿著一束花，愣了半天才朝著後臺走，在許昕朵走出來後直接將花遞到她的面前。

許昕朵被花攔得腳步一頓，看著花遲疑了半天沒接。

童延氣急敗壞地說道：「裡面沒有蛇！」

許昕朵這才伸手接過，看著花忍不住嘴角上揚，笑得十分開心。甜蜜的笑容在臉上漾開，像是陽光撥開了河面，漣漪裡帶著破碎的暖光，柔和又燦爛。

他難得看到許昕朵笑得這麼甜，跟著老臉一紅，也不敢說是尹嬿準備的，只是彆彆扭扭地說：「彈得不錯。」

許昕朵捧著花，揚起下巴看著童延，看到童延不自在地往後退了一步，回避她的目光，立即轉移話題問他：「媽媽呢？」

「她啊……她先回去了，散場的時候人多怕被認出來。我們去妳那裡收拾一下，今天就搬到她那裡去住。」

「其實要帶的東西也不多。」

「衛生棉就別帶了，到那邊再買就是了。」

「那更沒有什麼東西了。」

兩個人並肩往外走，童延探頭看了她一眼，裙子沒換掉，不過穿上了底褲，外面套著嘉華的羽絨服，手裡還拎著她帶過來的東西。

他伸手將袋子拎走了，幫她提著，隨口說：「媽都猜到了，連我們會交換身體的事情都猜到了，不過挺平靜的，還問了妳自己的身體彈琴怎麼樣。」

「嗯，那去了就實話實說？」

「說實話吧，沒必要瞞著，我們說謊她也能看出來。」

兩個人一起去許昕朵那裡收拾了東西，並未完全帶過去，只帶了一部分而已，夠她臨時住一陣子。

尹嫿的工作很忙，經常去劇組裡住，幾個月不回來，那個時候許昕朵還是會回去住。

♫

到了尹嫿家，許昕朵有點不自在，童延大咧咧地走進去，在沙發上坐下嘆氣：「我真的不喜歡這裡到處的少女心……」

「你派給我的車不就是粉色的？」

「我以為妳喜歡，連夜去弄的。」

「……」

尹嫿的房子，就是標準的無論妳多大年紀，都是一個小公主。

當年童瑜凱就是把尹嫿當成小公主娶回家的，這棟別墅蓋得像一棟城堡，到處都洋溢著少女心。

房間裡的裝飾簡單大方，但是大多是白色和粉色的顏色搭配，童延此時就是坐在粉色的沙發上。

童延永遠無法忘記，童瑜凱當年聯繫了一位大師，開口就問大師：「您能不能畫美少女戰士？」

大師身體僵硬了好半天才想起來需要對富豪微笑，後來還真的畫了，完全是向金錢低頭。

尹嫿別墅玄關位置掛的畫就是那一幅畫。

尹嫿走下樓來，看到許昕朵就笑道：「行李交給他們吧，我們去看看妳的房間。」

尹嫿說著親熱地拉著許昕朵上樓，上樓的時候邊跟許昕朵聊天，說幫許昕朵準備了她最喜歡的糖醋排骨。

童延跟在後面聽，聽著聽著就發現，不是按照他的口味準備的。

要不是穆傾亦和許昕朵真的長得很像，童延都覺得他和許昕朵才是被調包的了。尹嫿的親女兒是許昕朵被送到了鄉下，他才是那個沒有血緣關係的。

尹嫿幫許昕朵準備的房間在三樓，進行了簡單的裝潢，幫許昕朵準備了自己的家具，從家具到窗簾這些小細節，都是按照許昕朵的喜好準備的。

一看就是女孩子用的，又沒有爆棚的少女心。

尹嫿觀察得仔細，知道許昕朵並沒有多喜歡粉色的東西。

走進這個房間，就能知道風格和尹嫿整體房子的裝潢不一致，是專門為許昕朵準備的，十分用心。

這是她親生父母都沒有的細心。

尹嫿擺手介紹：「進入房間是妳的小客廳，左邊房間是書房，妳可以在裡面寫作業。右邊房間是臥室，臥室裡有自帶的衣帽間、浴室。妳如果不想出來吃東西，可以在房間裡一整天不出來，妳不要求，傭人也不會擅自進去。」

許昕朵看了看房間，又看了看尹嫿，說道：「我喜歡。」

「喜歡就好，妳先進去看看，我去讓他們準備晚餐，等一下就可以下來吃晚飯了。」

尹嫿說完就下了樓。

許昕朵看著她離開，走進房間看了起來。

她的房間幾乎佔據了大半個三樓，書房也比她想像中大，尤其是書房裡還放著一架鋼琴，她立即朝著鋼琴走過去。

鋼琴是特地準備的，她可以在自己的房間裡寫作業，也可以練琴。

臥室也很有心思，僅僅一個衣帽間就比她在穆家的房間大了。

最有意思的是鏡子不遠處放了一個跑步機，顯然，照鏡子覺得身材不合適了，扭頭就能健身，適合愛美女孩子的安排。

衣帽間裡的櫃子也不是空的，全部都是新買的衣服，標籤全部都摘掉了。

她拿下來看了一眼，都是適合她的尺寸。

再看一眼這個衣帽間，她手顫抖著打開一個櫃子，看到裡面的包包後，又把門關上了。

這不是衣帽間，這是金櫃。

她也在童延身體裡見識過，知道這些牌子的價格，她的眼睛看到衣服後，心裡掂量的是：

三千。

兩千。

五千。

看到包包後，腦袋裡瘋狂地升起數字：

十萬

十五萬

三十七萬

她已經不敢繼續看了。

童延沒進衣帽間，只是在許昕朵的書房裡坐著，此時已經掀開琴蓋開始彈琴。

許昕朵走過去看著童延彈琴，也好奇童延是什麼水準。

童延彈的是〈鱒魚〉，上一次許昕朵參加比賽彈的曲目，水準比許昕朵想像中要好。

其實現在這群富二代真的沒有那麼不學無術，像童延從小就學習各種東西，武術方面，還有各種體育運動，鋼琴也是要學的。

人的體面也體現在字上面，童延的字寫得非常不錯。

一個各方面都非常優秀的男孩子，除了脾氣暴躁了些，其他都挺好的。

像魏嵐、邵清和他們也都會很多東西，至少魏嵐的小提琴，邵清和的圍棋是真的厲害。

穆傾瑤雖然人品一般，但是鋼琴也彈得不錯，聽說還會跳舞。

許昕朵看著童延彈琴，看著童延的側臉以及那雙手指，忍不住抿嘴。

或許有暗戀濾鏡在，她覺得童延簡直是童話裡的王子，又帥又優雅，完美到了極致。

結果扭頭童延就讓如夢幻般的畫面破碎了，他轉頭看向許昕朵說：「突然想吃奶奶做的大碴子粥。」

許昕朵：「……」

這是一個很接地氣的王子。

童延把手張開放在琴鍵上，張開後可以勾到十三個琴鍵。

他的手掌很大，手指纖長，因為從小練習，張開的幅度也大。許昕朵把手放在他的手上，努力張開，能勾到十一個琴鍵，在女孩子裡許昕朵也不小了。兩個人最開始只是在比手指的跨度而已，結果手疊在一起後，童延感受到她手掌的溫度，不由得一愣。

許昕朵很快收回手來，轉身說道：「我們下樓吃飯吧。」

這還是許昕朵第一次正式和尹嫿一起吃飯，三個人吃飯的時候都很安靜，沒有說話，只是平靜地將飯吃完。

等全部吃完，大家開始收拾餐具，尹嫿才介紹道：「我叫了工作人員到家裡來，還準備了儀器，為妳做暖宮的護理，不能做到立即不經痛，但是也能緩解一些。妳房間臥室的小櫃子裡放了一些補品，食用方法寫在單子上了，記得定期吃。」

許昕朵禮貌道謝：「嗯，謝謝伯母。」

聽到伯母這個稱呼，尹嫿有點不喜歡，最後還是作罷了，擺手說道：「沒事，別客氣，都是自家人。」

許昕朵想了想還是說道：「衣帽間裡的衣服有些多了……」

「哦，有些是我的衣服，我們做藝人的，衣服穿一次上鏡後就是舊衣服了。我們兩個人的身材差不多，所以有些就給妳了，妳不介意吧？」

尹嫿是這麼說的，但是許昕朵卻知道是怎麼回事。

她才和婁栩逛完街，有幾件衣服看到標籤後望而卻步，並沒有買。她知道那是新款，不可能是淘汰下來的。

不過尹嫿都這麼說了，她也就沒再說什麼。

聊天的時候，許昕朵收到邵清和傳來的公司簡章，裡面有關於模特兒方面的介紹。

許昕朵翻看著簡章，正在閱讀，聽到尹嫿催促她：「上樓去吧，工作人員過來了。」

許昕朵立即收起手機回答：「嗯，好。」

「第一次開穴可能會有點疼，後面就好了。」

「嗯嗯。」許昕朵回答完就上樓了。

童延一臉不爽地躺在沙發上，把自己的手機往茶几上一丟，開始裝死。

尹嫿坐下之後剝乾果給童延，同時問：「誰又惹你了？」

「她！」童延指著樓上說道，「又不知道跟誰傳訊息，和妳聊天的時候都能分心！」

「嗯，我都沒生氣，你生什麼氣？再說，人家萬一是正事呢。」

「有什麼正事啊，突然就加了邵清和的好友，時不時聊天。」

尹嫿是認識邵清和的。

她在娛樂圈裡，當然知道邵清和是誰。

邵家開娛樂公司，也算是家族產業，其中做得最大的一家就是邵餘家。

邵清和跟邵餘家是親戚，掌握娛樂公司的股份不算多，只能算是股東之一。邵清和家裡的主要產業，還是在其他方面。

「醋勁還挺大的。」尹嫿笑著取笑道。

「什麼醋勁啊，我是怕她被人騙了還幫人家數錢呢。」

尹嫿不由得停下手裡的動作，扭頭看向童延，問：「你……對她是什麼想法？」

「什麼想法？她是我哥們啊。」

尹嫿盯著童延看了許久後又開始笑，繼續剝乾果，卻不給童延吃了，而是自己吃。

她突然感嘆道：「你都不如你爸爸。」

「怎麼了？」

「你爸爸也是各種驢脾氣，醋勁也大，但是他比你強，他知道他不高興是因為吃醋，你連自己在吃醋都意識不到。」

童延突然坐直了，跟尹嫿解釋：「我和她太熟了，怎麼可能對她下手啊，沒那回事。」

對於童延來說，許昕朵是他生命裡的一部分，他們太熟悉了。他覺得他會在意許昕朵是正常的，畢竟他們的關係那麼好。

他會心疼許昕朵也是正常的，許昕朵有多可憐他都知道，他的確疼惜她。

他覺得他是操著爸爸的心，一心一意地關愛著自己的女兒。

怎麼其他人總是誤會呢？

尹嫿點頭，懶得和童延解釋，冥頑不靈的人說什麼都是廢話。

結果一抬頭就看到許昕朵剛剛下樓，又重新上樓了。

顯然，她聽到剛才的話了。

尹嫿立即追過去詢問怎麼了，童延回過頭看了一眼，心裡緊張了一下，又覺得沒什麼問題，聽到就聽到了，他問心無愧。

許昕朵不知道儀器放在哪裡，想要下樓來問問，結果就聽到母子二人的對話。

之後許昕朵都在房間裡做護理。

童延也沒多留，直接回自己的別墅。

他回到家裡正常的洗漱、換衣服，看了一下書後躺在床上睡覺。

翻了一個身後突然嗅了嗅，覺得床上似乎有許昕朵的味道，隨後又放棄了，他的床單經常換，許昕朵睡過的早就換掉了。

漸漸的，他進入了夢鄉。

童延覺得周身環繞著霧氣，從濃霧裡走過去，感覺自己似乎是在找人。

然而他找了許久都找不到。

就在這個時候，他聽到了打網球的聲音，他疑惑地走過去，就看到許昕朵在打網球。他突然豁然開朗，哦，對了，他是來找他的姑奶奶。

結果走過去就看到許昕朵和印少疏在打混合雙打。

兩個人很熟悉，配合得十分默契。

拿下一局後，兩個人擊掌慶祝，許昕朵對著印少疏微笑說著什麼。

童延頓時就生氣了，快步走過去，結果看到印少疏到一旁喝了一口水，接著將自己喝過的水瓶遞給許昕朵。

許昕朵沒有猶豫，直接拿過來喝了。

這他媽的不就是間接接吻嗎？

童延氣得罵人，然而罵了半天在比賽的兩個人都沒有聽到。

他左右看了看，發現周圍都是在看比賽的人，他的罵聲淹沒在加油聲裡。

再看過去，就看到比賽已經到了尾聲，許昕朵和印少疏完美配合得分後，兩個人跑向對方慶祝。

童延眼睜睜地看著許昕朵跑向印少疏，和印少疏開心擁抱，印少疏還抱著許昕朵轉了一圈。

童延要衝過去揍人，卻被保全人員攔住，他根本過不去，只能看著許昕朵和印少疏牽著手離開了。

他只能找別的方法找許昕朵，終於，他找到了剛剛領獎回來的許昕朵。

他走過去問她：「妳不是更喜歡鋼琴嗎？」

許昕朵看著他，想了想後說道：「對啊，我喜歡鋼琴。」

「那妳為什麼去打網球了？」

「因為我喜歡印少疏，想陪著他。」

「妳喜歡他？喜歡他什麼啊？」

「吊吊眼很可愛。」

童延覺得腦袋都要充血了，氣得都要炸了，走過去拉著許昕朵的手腕說：「我不許妳喜歡他。」

許昕朵不高興了，質問道：「你憑什麼啊？」

「憑我和妳交換身體，我不想我換過去之後看到印少疏叫我寶貝什麼的。」

「那我們以後就不換了吧。」

童延震驚了，不可置信地問：「說不換就不換了？」

「嗯，不換了，以前我換身體只是在利用你，我在鄉下待久了，需要見見世面，正好可以利用你的身體學習很多東西。現在我都學會了，我還遇到真愛了，所以我們不要再換了，我不需要你了。」

「不需要我了？我之前照顧妳那麼多。」

「印少疏都可以還給你。」

是，印少疏可以還給他。

印家不比童家差。

但是童延咽不下這口氣。

許昕朵要離開了，印少疏在不遠處在叫她。

他看著許昕朵就要離開，心臟都要炸開了，立即跑過去抱住她不讓她走。

許昕朵很反感被他抱住，她還想叫印少疏，他不想聽到她嘴裡叫出印少疏的名字來，乾脆低下頭吻她。

他將她按在牆壁上，強行抬起她的下巴，吻得毫無章法，胡攪蠻纏。

她一直掙扎，越掙扎他便越粗暴，不肯放開她。

想要一直吻她，不鬆開。

媽的……好像很早就想這麼做了……

許久後她才能推開他，說道：「我們那麼熟，我根本不可能和你在一起！」

「可是我喜歡妳啊！」

童延睜開眼睛，呆呆地看著房間發呆，回過神來的時候發現自己緊緊的抱著被子。

是夢啊……

這個夢有夠離譜的，許昕朵怎麼可能喜歡印少疏。

剛剛醒過來，夢裡的內容還記得很清晰，讓他整個人都呆住了。

他覺得他不太好，人像是壞掉了一樣。

他低頭看著自己的睡褲，一陣無奈。

又來了，好半天都不好。

翻了個身，忍不住想起那個夢，夢裡的吻特別甜，他的心口特別酸。

他甚至感覺到許昕朵的嘴唇很燙。

一個身體常年冰冷的人，嘴唇會是什麼溫度？他以前都沒注意過。

想著想著，總是不好的地方開始發脹，甚至有點疼。

要死了……

瘋了嗎？

第十五章　分開

在工作人員離開後，許昕朵從床上爬起來，整理好衣服在屋子裡緩緩走步。

其實她自己也經常會按一按帶脈，知道這有助於緩解經痛。然而真的工作人員過來幫她按了，那種酸爽真的是半天還恢復不過來。

好幾次她都下意識地伸手去推工作人員的手，真的很疼。

肚子也是，調理腸胃會幫忙按肚子，之後是儀器，現在覺得整個肚子和後背都是痛的。

她將房間裡的補品吃了，有用水泡的，有果凍的，各式各樣。

吃完之後她到書房坐下看書，看著看著卻走神了，想起童延和尹嫿的之間的談話。

她一直知道童延對她沒有意思，童延是一個不會作假的性子，不喜歡就是不喜歡，如果喜歡了也藏不住。

她和童延相處這麼久，當然瞭解他，種種跡象皆表明他不喜歡她，只是把她當成是最好的朋友。她甚至意識到，最近總有人起鬨，童延已經開始覺得煩了。

這就非常尷尬了……

她暗戀自己的好朋友。

她不想給童延添麻煩，卻總是引來一堆麻煩。

說起來，她當初被穆家認回去的時候，她還是很開心的。

一方面，穆家願意出許奶奶養老院的費用，不用依靠童延。

一方面，她有了穆家這種身分背景，如果以後有可能和童延在一起，就算不是特別門當戶對，也比鄉下來的女孩子體面一些。

她留在穆家也是這個目的，養女什麼的無所謂，能離童延近一些，和他在同一個學校上課，她就非常開心了。

然而這種童延就在她身邊，卻註定得不到的感覺，真的不好受。

越靠近越貪婪，就會想要更多。

她甚至開始想多看他一眼，想碰一碰他……

她怎麼會不瞭解童延的性子，如果不喜歡的人跟他表白，他會覺得很煩。

就像劉雅婷，明明是和童延一起長大的，表白後童延就不理這個人了。劉雅婷對他念念不忘，繼續喜歡他，他還會覺得很煩。

所以許昕朵知道，如果被童延知道自己喜歡他，他們兩個人恐怕連朋友都做不成了。

童延不會給不喜歡的女孩子留下任何希望。

絕情得有些殘忍。

許昕朵的眼眶又有點紅了，揉了揉眼睛不讓眼淚掉下來，低下頭繼續看書，然而還是會忍不住難過。

不經意間，眼淚「啪嗒啪嗒」地往書本上落。

這種喜歡的心情根本壓制不住，她管不住自己，這該怎麼辦啊……

她快速擦了擦眼淚，在心裡暗暗對自己說：妳已經得到很多了，妳比誰都幸運，比其他人都瞭解童延，比其他喜歡童延的女孩子都靠得更近。

然而，這種獨有的親近感，總會給她一種錯誤的引導，讓她一次次的感覺自己還有希望。心存希望，又一次次破滅。

放棄吧。

不可能的。

如果繼續下去，連朋友都做不成。

許昕朵的世界很簡單，一個是許奶奶，一個是童延。

如果和童延鬧翻了，她的天也就塌了一半，自己也會隨之崩潰。

她拿出手機來，看著和黃主任傳的訊息，又是一陣猶豫。

她是真的想轉去火箭班，因為火箭班有學費減免，對她來說會緩解很多。而且，她並不想去留學。

她哪裡負擔得起留學的費用，難道繼續靠童延嗎？

想起自己轉學時一心一意想去國際班，也只是因為童延在國際班。現在想想，真的有點傻，現在轉到火箭班去也來得及。

而且，許奶奶的身體不行了，她怕她去留學了，許奶奶身體有什麼情況她趕不回來。在國內的話還能帶著奶奶一起去她讀大學的地方，也不怕許奶奶會無法和當地人溝通。

黃主任非常客氣，也理解許昕朵的事情，說是會幫許昕朵跟學校申請。

在等待黃主任回答的時候，她看到訊息提示，是經紀人傳來的合約，說她可以先看一眼。

她打開看了看後注意到了其中一項：合約期間不能戀愛。

她把這裡截圖傳給經紀人，問：『這個也有硬性要求？』

這位經紀人似乎很不喜歡打字，每次都是傳來一大段語音，或者乾脆打語音電話。

她點開語音，聽到經紀人說：『我們這裡也是模特兒偶像化的模式，和其他的模特兒公司模式不太一樣。我們推的模特兒是要包裝的，且會幫妳安排一個合適的人設。不過妳的合約時間短，一年的時間正好成年不是嗎？我們瞭解了一下，想推廣一下學霸高冷美少女的形象，早戀肯定不行啊。』

這家公司開給她的條件非常合理，應該也是給邵清和面子。

一般的新人模特兒很少有只簽一年合約的，這一點上就給足了許昕朵餘地。這一年時間正是許昕朵最需要錢的時間，且時間不長，讓她能在一年後可以考慮是否續約。

雖然這個「學霸高冷美少女」聽上去有點尷尬，但是也是一種行銷策略，許昕朵也沒說什麼。

她又反覆看了合約後，覺得沒有什麼問題。

各種條件都給得很合理，前期培訓的費用公司承擔，每個月還給她兼職生的六千元的固定薪水。

雖然看上去還沒有德雨賺得多，但是對於她這種兼職生來說，已經非常好了。

之後的收入會跟公司按照分成比例分，那個時候會扣除一些前期培訓費用。

工作安排，還有需要她做的不多，很多對未成年人的保護條款，讓她看了覺得很安心。

不能戀愛其實也不是什麼大事。

童延也不喜歡她，她也不會喜歡上別人，和別人在一起。

一年而已，沒什麼大不了的。

她答應了經紀人，表示週末會去公司和他們見面。

經紀人回了一個晚安就不再和她聊了。

她其實能看出來，經紀人對她的態度多是公事公辦，多餘的溝通都不願意有。

想來，她是被這位經紀人當成是關係戶了，經常有關係戶安排親戚去公司裡，也不管有沒有能力就想當明星。這次安排的人是邵清和，經紀人只能照辦，辦事可以，不過多餘的聯繫就不必了。

她也不想一直做模特兒，對於經紀人的態度沒多在意。

現在在許昕朵面前有兩件事情：

一、轉班去火箭班。

二、和公司簽約，且規定一年內不能戀愛。

許昕朵做了一個深呼吸。

既然做了決定就不要後悔。

轉班之後就能和童延拉開距離了，這樣既和童延同個學校，偶爾能看到他，又能不靠那麼近，以此控制自己的感情。

之後週末和晚上的時間，她要時不時去公司進行培訓、拍攝。

放棄童延。

從今天開始。

♫

童延從凌晨四點被夢驚醒之後，就再也沒睡著。

他坐在房間裡發呆，本來就是一個眼眶看似帶妝的男生，此時眼下烏黑，看起來有點喪氣的感覺，整個人更加陰狠了一些。

他揉了揉頭髮，想著這個夢可能只是一個意外。

可是，他分明在夢裡說喜歡她啊！

說的是心裡話嗎？

他努力思考，如果許昕朵真的跟印少疏打混合雙打了，他會生氣嗎？會。

他會怎麼處理呢？應該是跟許昕朵發脾氣，接著收拾印少疏一頓。

如果許昕朵突然跟他說她喜歡上別人了，他會怎樣呢？

不知道……

有可能真的會去……吻她？

他突然吞咽唾沫，想著許昕朵親過他，還說他的臉好看，是不是就證明他也算是許昕朵喜歡的類型？

他要是追許昕朵，能追上到嗎？是不是會比其他人容易一些？

但是他也知道，現實裡如果去強吻許昕朵會是什麼後果，一定會被許昕朵一頓暴揍。

他又想了自己如果喜歡許昕朵，許昕朵會怎麼樣？

一種可能是他被許昕朵打死。

一種可能是許昕朵會遠離他。

怎麼能對姑奶奶有非分之想啊！啊啊啊啊！

這以後怎麼和她相處啊！

童延你清醒一點！你的姑奶奶是你能染指的嗎？

他拿過手機看一眼，先看許昕朵昨天晚上有沒有聯繫他，鬼使神差地打開了學校論壇。

他在論壇裡搜尋文章，想要看看有沒有關於許昕朵的，還真的在首頁看了一則。

點開文章看了一眼，是評論她穿男款校服的。

文章裡有幾張偷拍的相片，相片裡許昕朵站在國際四班門口，手臂搭在欄杆上，正在看樓下。他記得，這個時候是他和魏嵐他們去買飲料，許昕朵讓他們幫忙帶烏龍茶。

她身上穿著童延的校服，寬鬆且肥大，穿在她的身上有著中性的帥氣與灑脫，加上身材很好，真的很有型，隨便一拍都十分上相。

相片一共有三張，側面一張，斜側面一張，背影一張。

論壇裡的人在討論許昕朵這麼穿有點嘩眾取寵，還說她不倫不類的。

當然也有人覺得這麼穿挺好看的。

還有人猜測校服是誰的，不過沒有人回答，其中一個人這樣回覆：『別問，回答了這個文章就沒了。』

之後大家就很有默契的不問了。

童延起初有點氣，結果看到最新的留言，覺得有意思。

文章是週一上傳的，週三就出現有女生買了男款校服，甚至也刻意買了大一碼的，寬鬆地穿在身上。

這樣的女生還不只一個，有模仿的意思，有的則是表示很早就想試試褲子和寬鬆的襯衫了，女裝很拘謹，還是男裝舒服。以前一直以為不可以，現在知道可以了就也穿了。

不過也有人反駁：『妳如果不是模仿，為什麼要買大一號的呢，人家那是男友款，妳的是麻袋款。』

童延本來挺不開心的，但是一看到男友款這幾個字，心情突然好了起來。

以前沒怎麼覺得，現在一看，他的名字和許昕朵的名字就是捆綁在一起啊！

在別人眼裡，他們就是官配。

不錯不錯，這是很好的開端。

他立即掀開被子下床，洗漱出來後還用髮蠟把瀏海都攏到了頭頂，給自己搞了一個大背頭。

要知道，他只有在參加比賽，或者去參加演奏會的時候才會這麼整理髮型。

整理好了，穿上校服美美的挑選領帶夾和領釦。今天特別騷，選了一個金色帶鏈子的領釦，又在櫃子裡找了一個金屬框的平光眼鏡戴上。

很帥，很完美。

童延美滋滋地早早就去了學校，到班級裡的時候班長震驚地看著童延，感嘆道：「你今天很早啊。」

童延愛睡懶覺，有的時候不爽還要睡個回籠覺，遲到是常事。

最近許昕朵轉學過來，童延下意識的每天按時來學校，想著要陪許昕朵，卻也沒有這麼早來過。

童延心情還不錯，說道：「嗯，早起了。」

他坐在教室裡面等許昕朵來，有點等不及，又不好意思傳訊息給許昕朵，讓她趕緊來學校看她有多帥。

急得不行，他走到了走廊裡，站在欄杆邊往一樓看，等待許昕朵過來。

他的眼裡只有許昕朵，自然沒有注意到他在這裡站了一下子，就引得不少上學的女生朝他這裡多看幾眼，然後暗暗激動，甚至有人偷拍。

不愧是顏值巔峰尹嫿的兒子，真帥！

沒多久，魏嵐也來到學校，站在童延身邊陪他，看著周圍的女同學穿著男款校服不由得感嘆：「唉，最近模仿我們朵爺的有點多。」

「這叫帶貨能力強。」童延在尹嫿跟他說了之後，也認真思考了一下，決定尊重許昕朵自己做的決定。

不就是模特兒嗎？做唄！他守著她就行了。

「帶貨？」魏嵐不解。

「對，我們朵朵以後是模特兒，模特兒不就是要帶貨？從這就能看出來我們朵朵的帶貨能力，一定能紅。」

魏嵐斜眼看著童延問：「你們朵朵？喲！」

「喲個屁。」

這個時候許昕朵終於來了，穿著自己的校服，黑長直的頭髮披散在肩頭，走路的時候又瀟灑又帥。

童延看到許昕朵就忍不住笑起來，怎麼看怎麼順眼。

許昕朵上樓的時候也注意到他了，看了他兩眼之後朝著他走過來。

童延靠著欄杆站好，準備好許昕朵誇他帥了。

結果許昕朵心事重重，似乎沒有注意到童延的得意，只是沉聲說道：「童延，我有話要跟你說。」

「嗯，妳說。」

「我要轉去火箭班，這次不是開玩笑，是真的轉，我已經跟黃老師申請完了。」

童延的笑容逐漸凝固，木訥地看著許昕朵，搞不清楚這是什麼套路。

怎麼突然說這件事情？

之前不是說好了不轉了嗎？

怎麼回事啊？

童延正要發飆說不行，又突然想到尹嫿說的——尊重她的決定。

這個怎麼尊重啊……

他受不了這個。

心臟在一瞬間被揪緊，那種不想離開她的心情十分鮮明。

他想把她圈在自己身邊，時時刻刻看著她，一抬頭就能找到她，看到她的心情，看她有沒有不舒服，然後及時換過來。

許昕朵見他沒說話，也知道童延肯定不高興，還是繼續說下去：「我本來也不想出國留學，我沒有那個條件，而且奶奶這邊我也走不開。我以後會考國內的大學，對不起童延，讓你失望了。」

魏嵐見氣氛不太對，趕緊溜了，留出兩個人說話的地方。

周圍沒有其他人，他們說話也方便。

童延再次開口，聲音微微發顫：「那我以後留學了怎麼辦？」

「我們可以用訊息聊天啊，而且還會互換……」

「可是換過去還是各在各的地方，不是在一起啊。」

「我們以前也沒有在一起，不是也沒問題嗎？」

童延被問住了。

對啊，許昕朵沒有被認親之前，他從未想過讓許昕朵到自己身邊來這件事情，怎麼突然就離不開了呢。

他那個時候覺得那是許昕朵生活，這邊是他的生活，他可以時不時去許昕朵那邊體驗生活，很有趣。

他想過要幫助許昕朵，竭盡可能讓她和許奶奶過得好一些。在許奶奶身體出現問題後，連夜趕到醫院陪著許昕朵，承擔了全部的醫藥費。

然而他從未想過插手改變許昕朵的人生。

直到許昕朵被認回了穆家，他們才終於在一起上學，看到許昕朵坐在自己身邊，感覺非常新鮮。

這種奇特的關係就像是網友，或者是很好的朋友。他們關係好，但是童延不能擅作主張地說我覺得妳住的地方不好，換一個地方住吧。

以前界線還是很清晰的，等許昕朵到了他身邊了，他卻一次次的越界。

就像尹嫿說的，他可以幫她，但是不能傷害她的自尊心。

如果他給了許昕朵房子、生活費，許昕朵的全部生活都要依靠他，就要看他的臉色行事。做事也要討好他，生怕哪一天被嫌棄，不再被幫助了，她就活不下去了。

那是不平等的，那樣之後許昕朵就會像他身邊的狗。婚後的全職主婦尚且有婚約牽制，他們之間卻什麼都沒有。

許昕朵說不定都會嫌棄自己。

此時，童延看著許昕朵，她似乎也很為難。

為難是因為他。

如果沒有他在的話，許昕朵會毫不猶豫地去火箭班，那裡明顯更合適她。

就是因為不想看到他生氣，許昕朵說的時候才會表情這麼沉重。

「啊……」童延終於找回了自己的聲音，靠著欄杆問，「什麼時候轉？」

「等一下就去。」

「……」

靠！

童延想罵人！

童延的表情變得非常難看，昨天沒睡好，眼下有些黑，此時又丟了一半的魂，看起來更加喪氣了。

原本是一個很視覺系的美少年，竟然瞬間轉變氣質，變得有種斯文敗類在醞釀毀天滅地方法的樣子。

今天的打扮還真是給這種色彩加分。

童延努力忍著，讓自己不發脾氣，卻還是不爭氣地問了一句：「不去行嗎？」

聲音很低很小，不想暴露自己的情緒，然而還是捨不得，想要最後試一試。

許昕朵搖頭回答：「我等一下就要去見火箭班的班導師了。」

「哦……」童延點了點頭，眼睛卻不看許昕朵，沉聲說道，「去吧，要我幫妳搬東西嗎？」

「不用，我的東西不多。」

「……」童延再次沉默。

接著童延看著許昕朵走進教室，沒多久揹著書包，拖著行李箱走出來，跟他打招呼：「我去了，有事訊息聯繫我就好。」

「嗯。」童延點頭。

他沒有抬頭去看，卻聽到行李箱輪子拖拽，漸漸走遠的聲音。

行李箱裡裝著的是許昕朵的校服，有些還沒穿過，畢竟她來學校真的沒多久。

他再次抬頭看，就看到許昕朵已經去了老師的辦公室。

不要發脾氣，這是她的選擇，你沒資格管。

童延這樣告誡自己，卻還是拿下眼鏡狠狠地摔在地面上，平光鏡的鏡片被摔得稀碎。

國際四班瞬間鴉雀無聲，走廊裡其他學生都避開他行走。

在他確定喜歡許昕朵的第一天，許昕朵不要他了……

♫

火箭班每次考試過後，都會重新排座位。

火箭班是完全按照成績來的，就連座位都是按照成績來的。

國際班是按照身高，許昕朵和童延只能在最後一排。

但是在火箭班，無論你身高多少，只要考得好座位就會靠前。

且排名越好，越接近中間的位置。

第一排的中間的位置是第一和第二的。

中間四張桌子的排名分別的第三名、第一名、第二名、第四名，排名好的，在最中間的座位。

今天火箭班重新排位之後，就發現第一名的位子被空了出來。

有人小聲議論：「什麼情況，難不成我們班沒人考第一，位子直接空出來？」

「公開羞辱？」

「也挺好的，以前穆傾亦和邵清和第一、第二，坐在中間兩個位置，坐直了就跟一座山似的，要探頭才能看到。」

「我好想坐在那個位子啊，左邊是邵清和，右邊是穆傾亦……」

老師排完座位後，又離開班級，許久沒有回來。

過了一陣子後有人聽到拖拽行李箱的聲音，班導師探頭進來說道：「占著空櫃的人把東西收拾一下，讓給新同學。」

火箭班當即譁然。

新同學？

從普通一班考進來的學生已經來了，還有新同學？

難不成許昕朵轉過來了？

沒多久許昕朵就拽著行李箱走進教室，她進入教室的一瞬間，聽到一陣驚呼聲。

此時已經快要上第一節課了，老師讓大家回到座位上，示意了一下說道：「新同學自我介紹一下。」

「許昕朵，你們應該認識。」許昕朵自我介紹完畢。

有人問：「沒了？」

婁栩看到許昕朵就興奮了，差點歡呼出聲，聽到這人的問題立即回答：「還怎麼介紹？這位就是妳永遠考不過的爸爸！」

眾人紛紛抗議：「太囂張了！」

穆傾亦詫異地看到許昕朵走進班級，驚訝得忘了眨眼，久久未能回神。

邵清和原本趴在桌面上都準備睡覺了，結果看到許昕朵覺得有意思，扭頭看向穆傾亦，發現穆傾亦同樣驚訝，隨後開始笑。

最接受不了這件事情的恐怕是穆傾瑤了吧，她看著許昕朵拖著行李箱，放到櫃子裡，接著走到第一排，坐在第一名的位子上。

許昕朵從書包裡取出課本來，書上還沒有寫的名字，全部都是嶄新的，她一本一本地寫上名字。

光從背影看，穆傾亦和許昕朵已經很像了，這樣長期坐在一起，穆傾瑤還在這個班級裡，簡直是公開示眾，讓她十分難堪。

穆傾瑤注意到教室裡有人偷看她，她只能故作鎮定地低頭看書。今天剛剛來學校上課，結果就遇到了這麼一幕，對穆傾瑤的打擊很大。

如今，穆傾瑤覺得留在學校裡是一種煎熬。

許昕朵還在寫名字，邵清和就湊了過來，笑著低聲詢問許昕朵：「朵朵妹妹，妳怎麼突然轉班了？」

許昕朵冷淡地回答：「不想留學了。」

邵清和還挺理解的：「也是，妳現在一個人生活，想要留學有點困難。」

「嗯。」

邵清和繼續說道：「可是我們火箭班高二下學期開始要住校了，而且有晚課。」

許昕朵當即一愣，扭頭看向邵清和：「可以不上嗎？」

她剛要準備做模特兒，晚上有可能去參加培訓，恐怕不能堅持上晚課。

「可以是可以，不過肯定會耽誤讀書吧？」

「無所謂，我就算半學期不來你們也考不過我。」

聽到許昕朵這樣自信滿滿地說出這句話，邵清和不由得一愣，隨後無奈地嘟囔：「好氣哦。」

誰知許昕朵突然湊過來問他：「呵呵哥哥不也是經常不來嗎？成績不是也很穩嗎？」

「呵呵哥哥？」邵清和不由得揚眉。

「對，你的名字不錯，自帶微笑。」

「我喜歡這個稱呼。」

許昕朵真的來火箭班上課了，上課的時候沒有什麼不同，會記筆記，會認認真真聽課，不太愛發言。

她時不時拿出手機偷偷看一眼，然後又放回去，似乎在等誰的訊息。

許昕朵覺得童延說不定會傳訊息抱怨，以前有過這個情況，童延前腳同意了，後腳又後悔了，傳訊息瘋狂暴躁吐槽，不過在許昕朵看來只是在撒嬌。

等不到訊息許昕朵開始焦躁，所以在老師轉過去寫板書後開始吃餅乾。

這舉動引起邵清和頻頻看向許昕朵，似乎不適應學神的這種學習狀態。許昕朵非常大方的拿出兩小包餅乾給邵清和，接著自己繼續吃。

她明顯是吃得很有經驗，全程都在吃，卻不被老師發現。

這種平靜持續到午休時間，蘇威急匆匆地跑到火箭班門口，扶著門找許昕朵，結果一眼就看到許昕朵在班級最前排，趕緊說道：「朵爺，趕緊過來幫忙拉架，延哥和印少疏又打起來了，我們都拉不開。這兩位之前就打過，再鬧大就要記過了。」

許昕朵嚇了一跳，都不用邵清和讓開位子，單手撐著桌面直接跳了出去。

火箭班教室人多，普通班每個班才四十名學生，火箭班有五十人。所以中間四個桌子是並在一起的，許昕朵正好在中間，來回都需要邵清和給她讓地方。好在前面就是空地，許昕朵自己能跳出去。

火箭班的學生看到這個陣仗都驚呆了，他們火箭班可是很少見到這種「江湖紛爭」。

哦……路仁迦憤怒打人是例外。

童延真的沒去招惹印少疏，是印少疏賤，非在他氣頭上的時候過來招惹他。

他在吃完午飯後，本來想去找許昕朵的，結果看到許昕朵和婁栩以及火箭班的幾個女生在開開心心地吃飯。

他氣不過，扭頭就走。

一進廁所，碰到了印少疏。

印少疏看到童延沉著一張臉也不怕，別人都不敢跟童延說話，但是印少疏敢。

噓噓的時候看了好幾眼，還低頭去看，似乎是在比大小。

童延已經非常不爽了。

結果結束噓噓後，印少疏問童延：「你是不是紋眼線了？」

童延因為睫毛長又密，會有種描了眼線的效果，甚至眼周會有種帶了煙熏妝的效果。

童延特別不爽地回答：「沒有。」

他只是遺傳了尹嫿而已，這種感覺在女人身上是妖豔，在他身上多少有點讓人誤會。

「你是不是長期縱欲過度啊？」印少疏又問。

「我女朋友都沒有，縱個屁！」

「許同學不是啊？」

「……」說童延最生氣的事情。

結果印少疏還是苦口婆心地拍了拍童延肩膀：「那就少擼點吧，你看看你的黑眼圈。」

「靠……」童延抬手按住印少疏的臉，發狠地說道：「你他媽的是不是有病？」

之前夢到這傢伙抱了許昕朵，他還氣著呢，這傢伙還來惹他！

印少疏也急了：「你他媽洗手了嗎？」

然後兩個人就打起來了，誰也不服誰。

許昕朵趕到的時候，魏嵐正在努力控場，不讓別人靠近這個範圍。

許昕朵走過去，看了一眼後對童延吼：「童延，你給我停下！」

許昕朵吼完，童延真的停下了。

印少疏沒來得及收手，多給了童延一拳，見童延停下他也停下了。

許昕朵指了指自己身前，說道：「站過來。」

童延有點難堪，卻還是聽話地走過去，站在許昕朵身前。

印少疏十分納悶，跟著走過去問：「這麼聽話呢？」

童延朝著印少疏大腿就是一腳：「不聽話我打死你。」

許昕朵再次說道：「都停下。」

兩個男生都停下來了，雖然印少疏覺得非常莫名其妙，卻還是很配合地站在許昕朵身前。

兩個比許昕朵高出半頭的男生，非常神奇的停止了打架，乖乖地站在她的面前，明明剛才魏嵐拉架都拉不開。

他們的位置在洗手間出口正對面，不少人都看到這一幕，簡直瞎了眼。

許昕朵雙手環胸看著他們兩個人問：「為什麼打架？」

童延咬牙切齒地回答：「他嘴賤。」

印少疏指著童延說：「他上完廁所不洗手碰我臉。」

許昕朵難以置信地問：「就這樣？」

兩個人同時點頭。

許昕朵都無奈了，說道：「兩個幼稚鬼，現在去洗手。」

童延和印少疏同時走了，回到洗手間裡洗手，洗手的時候印少疏還嘟囔：「我為什麼要聽話？」

「你敢不聽她的我就揍你。」

「你是她的走狗嗎？」

「我是她爸爸！」

「真沒見過你這種被收拾得明明白白的爸爸。」印少疏說完，又湊近了童延身邊問，「你該不會是沒追上吧。」

「滾。」

「看來是了。」

那邊老師被驚動過來了，但是過來的時候只看到童延和印少疏站在一起聊天，也沒打架。兩個人再次走出去，又去找許昕朵，許昕朵一人發了一張紙巾給他們。

他們擦了擦手後，許昕朵說道：「能不能別動不動就打架？」

印少疏指著許昕朵問：「妳還好意思說別人呢，我晃個椅子妳都收拾我。」

手剛抬起來就被童延按住：「你指誰呢？」

許昕朵特別無奈地說道：「好，我們幾個握手言和行嗎？」

印少疏看了看他們兩個人，「嘁」了一聲，接著擺手離開：「我懶得和你們計較。」

說完就走了。

許昕朵不關心印少疏，只是伸手拉著童延朝一旁走。

這邊圍觀的人有點多。

童延的注意力卻在許昕朵握著他手腕的手上，以前他們之間經常這樣，他都沒有什麼感覺。此時被碰到的一瞬間讓他的心跳都加速了一些。

許昕朵帶著童延去了旁邊之後，對他說道：「我知道你現在的心情很不好，但是你不要惹事好不好？」

童延不回答，低著頭生悶氣，許昕朵到了地方就鬆開他了……

許昕朵沒轍，抬手揉了揉童延的頭。他今天打了髮蠟，髮絲很硬，手感不太好：「好啦，你別氣了，我晚上做大碴子粥給你喝。」

童延賭氣地看了許昕朵一眼，接著低著頭往她懷裡靠。

他個子高，俯下身才能將他的額頭抵在許昕朵的肩膀上，委屈地說：「我也不留學了，我留在國內。」

許昕朵只能溫聲細語地勸他：「喂，不要因為我改變你人生的決定好不好，不至於。」

童延聲音悶悶地回答：「我本來也不是一定要留學，只是想出去轉一轉。」

童延是一個拘不住的性子，喜歡到處走走，到處去看看。

他也不是多喜歡留學，就是覺得去留學出去體驗一下也不錯，就好像從小能在鄉下體驗許昕朵的生活一樣。

思量了一上午後童延突然發現，他的確想到處走走，卻願意為許昕朵留下，待在她身邊更開心。

但是在許昕朵看來，他做出這個決定確實需要多考慮一下。

他雖然經常和許昕朵交換身體，但是許昕朵擔心他在普通班的學習成績，高二了臨時改變參加升學考，恐怕不太穩妥。

許昕朵沒有躲開童延，任由他靠著自己，還是耐心安慰：「你的普通班課程都沒學過，兩種模式的上課內容完全不同，課程都是不一樣的，你突然換過來恐怕跟不上。」

「我到妳那邊之後也有認真聽課的好嗎？我不笨。」

「童延。」

「等我能進火箭班了，我再轉過去，在此之前不會過去，可不可以？」

這樣的話，許昕朵真的不能再說什麼了。

她遲疑了一瞬間，才問：「你是真的不想留學了嗎？」

「嗯，妳比留學重要。」

「……」

千萬次告誡自己，他只是對她同情，想要對她好而已。

可是她的心口還是抖了一下，這種會讓她誤會的話童延說過太多了。她總是會被觸動，曾經的喜歡瞬間死灰復燃。

這種人真的……撩而不自知，對許昕朵來說反而是折磨。

磨人的小妖精。

許昕朵沒有理會那句話，說道：「你跟媽媽好好聊聊，仔細想一想再決定吧，反正還有兩年的時間，來得及。」

「好。」

「別再惹事了，我也要回去上課了。」

許昕朵往後退了一步，躲開童延，接著轉身朝火箭班走，走得毅然決然，不敢去看童延的表情。

「我今天去媽媽那裡，記得做粥給我。」童延看著她離開的背影說道。

許昕朵沒回答，卻抬起手來比量了一個OK的手勢。

童延呼出一口氣，揉了揉自己的臉，努力讓自己振作起來，只不過暫時不是同一個班了而已，別跟生死離別似的。

許昕朵回到班級朝著自己的座位走過去，邵清和立即讓開位置給她，讓她進入自己的座位。

許昕朵坐下後，邵清和便問她：「童延那邊沒事吧？」

「沒事，兩個幼稚鬼吵架而已。」

「哦，那就好。」說是這樣說，邵清和倒是沒怎麼擔心的樣子。

許昕朵都準備出教室，去其他的教室上課了，結果印少疏突然出現在火箭班門口，朝裡面看著問：「許昕朵，妳怎麼突然跑到這個班來了？」

許昕朵懶洋洋地回答：「我轉班了，你有事嗎？」

「妳那個藥膏還有嗎？給我來一點。」說著，在自己的手上比量，示意是他之前用過的那個藥膏。

許昕朵常備著藥膏，主要是童延總是打架，她幫童延準備的。

她從包裡拿出來放在桌面上，印少疏居然坦然地走進火箭班的教室，站在她的書桌前往自己的手肘上塗藥膏，還跟許昕朵碎碎念：「妳看看妳家走狗幹的好事，推著我撞洗手檯旁邊的柱子上，都瘀青了。」

說完，把手肘給她看。

許昕朵倒是不在乎，隨口回答：「你別嘴賤不就沒事了？」

「是，我不應該跟妳說，你們是一家的。妳因為什麼拒絕童延的，說出來讓我開心開心。」

許昕朵不喜歡別人起鬨這個，轉移話題問：「塗完了嗎？」

「嗯，完了。」印少疏將藥膏的蓋子蓋上，還給許昕朵的時候還在抱怨，「妳是第一個給我三塊八的東西，還要我還回去的人。」

許昕朵立即奪了回去：「愛用不用。」

印少疏沒多留，塗完藥膏說了句「謝了」就走出教室。

火箭班的不少人看到了這一幕，眼神都不太一樣。

這個許昕朵才轉學來沒多久吧？和童延是國際班的隔壁桌，認識不奇怪。和穆傾亦是一家人，和邵清和熟悉也正常。

但是和高一的印少疏也能不打不相識？

按理說之前鬧得那麼厲害，要水火不容才對吧？這怎麼看起來關係不錯的樣子？

再看看這個許昕朵，明明成績那麼好，卻一點都沒有學神該有的樣子。

和這麼多「不安分的人」熟悉，這些人還總來班級裡找她，她才來班級半天而已，就已經是這麼浩大的陣勢了，以後會是什麼樣？

太誇張了吧？

這就是學神？

轉學來沒多久，卻有嘉華頂級交際圈了。

厲害了……

再看看這位穆傾瑤，連未婚夫都不太理她。

穆傾亦拿走許昕朵的藥膏看了看，今天還是第一次跟許昕朵說話：「妳常帶這種藥膏？」

「嗯，畢竟我總是打架。」

穆傾亦十分詫異，問：「妳總是打架？」

「對啊，我們鄉下孩子有一部分像我這樣，野蠻沒有禮數。」

穆傾亦將藥膏放回許昕朵書桌上，拿著書起身離開教室，顯然是要去上課了，走班制就是這樣，固定在一起上的課不多。

邵清和看著許昕朵想說點什麼，最後什麼也沒說，直接離開了。

大概是想幫穆傾亦說話，卻有點說不出口。

剛才許昕朵的那句話的確帶刺。

♫

許昕朵在放學後，讓德雨開車去一趟超市，進去之後選了做大碴子粥需要的材料。之後又買了幾樣日用品，拎著這些東西去了尹嫿的家。

最近尹嫿都在本市，她早就不是蹭流量的年紀了，有好劇本才出山，沒有就在自己家裡休息，近期不太忙。

許昕朵拎著東西走進來，尹嫿放下手裡劇本走過來問：「買了什麼？」

尹嬧喜歡安靜，平時看劇本都會在自己的書房裡，今天卻在客廳裡，顯然是在等她放學。對於這個突然出現的女兒，尹嬧還是很上心的。

「哦，童延說要吃粥，我做給他。」許昕朵拎著東西往廚房走。

「這麼寵他，讓阿姨去做就行了，妳去休息。」

「不用，其實也不用一直看著，我煮進鍋裡就可以了。」許昕朵說著走進廚房，在廚房裡尋找用具，親手做粥給童延吃。

廚房裡的傭人想要幫忙，卻發現許昕朵幹活十分俐落，告訴她工具在哪裡就可以了。

許昕朵做好了之後甩著手上的水珠走出來說道：「伯母，我週末有鋼琴比賽的決賽，妳要來看嗎？」

「嗯，肯定要去，妳有沒有合適的禮服，我看妳上一次的禮服似乎不太合身。」

「只是商場裡買的，胸口合適，但是腰有點肥，顯得很寬鬆。」

「我這裡有幾件禮服，妳過來試試合不合適。」

尹嬧這些娛樂圈的女藝人，走紅毯都有禮服，有些是租來的，有些則是買的，或者代言品牌送的。

尹嬧比其他人有條件，所以大多是量身定做，之後禮服也會留在家裡。她帶著許昕朵上樓，尹嬧有一個超大的衣帽間，裡面放著這些衣服。

許昕朵走進去忍不住倒吸了一口涼氣，跟著尹嫿走。

她在童延身體裡的時候，都沒來過這個地方。

尹嫿指著一件禮服跟許昕朵說：「這件是我最喜歡的，我獲得影后的那年就是穿這件，這麼多年過去了也捨不得丟，現在看來也不算過時。只穿過一次，妳參加比賽應該可以。」

「很漂亮。」許昕朵伸手碰了碰，上面的裝飾依舊很精緻。

這件裙子的亮點是裙擺上縫製了滿滿的施華洛世奇水鑽，可以想像，這條裙子在燈光下走動的時候會有多璀璨。

「試試看。」尹嫿親手將衣服取下。

許昕朵點了點頭，拿著衣服去換了，走出來的時候童延也在這個房間裡，似乎在跟尹嫿聊轉班的事情。

童延扭頭看了許昕朵一眼後，說了兩個字：「換了。」

尹嫿不解，說道：「很好看啊。」

童延用手指在胸口畫圈：「這裡怎麼有個水滴型啊？都看到……了」

確實能看到些許事業線，但是無關痛癢。

尹嫿托著下巴看了看後問：「穿這個參加比賽是不是不太莊重？」

童延跟著說道：「就是不莊重。」

童延說完，左右看了看後指了一件說道：「這件吧。」

高齡、長袖，是尹嬧年紀大了，實在是沒辦法走紅毯露胳膊露腿後才穿的禮服。

尹嬧白了童延一眼，接著指著另外一件說道：「這件吧，得體。」

許昕朵拿去換的時候瞪了童延一眼，接著走了。

童延十分不解，問尹嬧：「她瞪我幹什麼？」

尹嬧嘆氣：「女孩子換完衣服出來，你要誇好看。」

童延：「……」

半晌，童延才懂，點了點頭。

這個時候許昕朵走了出來，找尹嬧說道：「伯母，拉鍊拉不上了。」

結果這個時候童延說了一句：「漂亮。」

許昕朵看了童延半天，突然辯解：「我沒胖！」

童延：「？？？」

又怎麼了？

這件禮服許昕朵穿著挺合適的，且適合比賽。

尹嬧站住許昕朵身邊，說道：「我們兩個人的身材確實很像，三圍基本一致，不過我這些年有點發福了。」

許昕朵立即否認：「沒有，還是特別漂亮。」

尹嫿開心得笑了半天，想了想後說道：「我去找一套合適的首飾給妳，先去換衣服吧。」

尹嫿說完就走了出去，許昕朵走進簾子裡換衣服，童延站在外面等，沒多久聽到許昕朵小聲叫他。

童延走過去疑惑地問：「怎麼了？」

「拉鍊拉不下來了。」

童延抬手幫許昕朵往下拉拉鍊，確實有點不順暢，於是說道：「可能是太久沒穿了，拉鍊確實不太好拉，之後讓人換一下，妳把頭髮撩起來別夾到頭髮。」

許昕朵聽話的將自己的頭髮攏起來，用雙手扶著。

童延近距離看許昕朵的後脖頸，纖長的脖頸，幾乎沒有斜方肌的天鵝頸，漂亮的直角肩就呈現在他眼前。

他趕緊移開目光，認認真真地幫她拉拉鍊，只要過了不順的地方拉鍊直接全部拉開了。禮服是抹胸款式，且十分沉重，拉鍊開了之後衣服直接掉了下去。

童延面前是許昕朵的後背，衣服眼看著就要掉下去了，趕緊伸手幫她扶住，沒想到居然把許昕朵抱進自己的懷裡。

許昕朵慌亂間鬆開頭髮，按住衣服的同時慌張地抬頭，在撞進童延懷裡的同時和他四目相對。

在童延的眼裡，那畫面彷彿慢動作，頭髮下落的瞬間，還有她慌張無措的表情，難得露出了小女生的無助來。

童延吞咽了一口唾沫，心臟「砰砰砰」亂跳，簡直要從胸腔離家出走，朝著許昕朵狂奔去了。

剛好這個時候尹嫿拿著首飾過來，童延下意識的舉動居然是把簾子拉上，把他們兩個人擋得嚴嚴實實的。

尹嫿來的時候還在說話：「我覺得這個項鍊最合適，不那麼誇張……」

簾子拉上後，尹嫿動作停頓了一下，接著笑著說道：「那我下下樓去，等著吃朵朵親手做的粥。」

許昕朵想要解釋，卻不知道該怎麼說，在尹嫿離開後扶著衣服抬腳把童延踢了出去：「你滾出去，不用你了。」

「哦哦。」童延鬆開許昕朵，立即出了簾子。

站在簾子外還能聽到許昕朵窸窸窣窣換衣服的聲音，他覺得自己的血液都在沸騰。

原來確定喜歡之後，他的想法還真的挺多的。

他揉著自己發燙的臉頰走下樓去，怕被發現還刻意去洗手間裡洗了個臉。

洗完臉後照鏡子，發現耳尖都是紅的。

他以前怎麼不知道自己這麼騷啊？

他緩了好一陣子才走出去，坐在餐廳裡等待吃粥。

結果看到傭人在上飯菜，許昕朵也換好衣服走過來說道：「粥需要燉一下，你先餓著，我和伯母吃飯了。」

「哈？」童延震驚了。

結果這兩個真的開始吃飯了，他眼睜睜看著，還要等粥好。

自己選擇的，餓著也要挺著。

吃完飯後尹嫿拿著劇本往樓上走了：「我要上樓看劇本了，粥好了記得送一碗給我。」

許昕朵立即答應了。

之後，許昕朵坐在餐廳裡寫作業，同時看著粥。

童延拿出國際班的書看，問她：「終於願意寫作業了？」

「嗯，火箭班的作業比國際班多。」

許昕朵其實在家裡也會寫作業，只是寫一些而已，留下早自習的時候能寫完的分量。

去了火箭班後，她深刻地覺得火箭班的成績可能是作業堆出來的，太可怕了。

童延在這個時候嘲笑起許昕朵：「妳活該。」

許昕朵輕哼了一聲，繼續寫作業，時不時還會去廚房裡看看粥。

等粥做好了之後，許昕朵盛了一碗讓人送上樓給尹嫿。

接著盛了一碗給童延，放在他的面前。

童延居然得寸進尺，說道：「這麼熱不幫我吹吹？」

「你自己不會吹？」

「妳哄我呢！」

許昕朵只能拿過粥，吹了吹之後又遞到了童延面前。

童延再次無恥地說道：「餵我。」

許昕朵被震驚到了：「我還要餵你？」

「我為了吃粥都沒吃晚飯，沒力氣了，而且妳不是要哄我嗎？」

許昕朵有點被氣到了，卻還是妥協了，挪椅子的時候那種氣魄簡直要殺人，鏗鏘有力，砸碎地板般的力道。結果拿起勺子吹粥的時候，模樣還是溫柔的。

接著她餵到了童延的嘴邊。

童延美滋滋地吃了，一邊吃一邊點頭：「奶奶的精髓被妳學去了八成。」

「好吃？」許昕朵問。

「嗯，好吃。」

「要不要加點糖？」

「我是小孩嗎？不用！繼續餵！」

許昕朵咬著牙繼續餵童延，童延一口接一口地吃，吃的時候還會時不時看向許昕朵。

兩個人對視的瞬間，她覺得童延眼神旖旎，帶著些許暖色，曖昧且纏綿。

結果，就聽到許昕朵問他：「你知不知道你這個樣子非常欠打？」

童延立即收起自己的一腔柔情，伸手拿來勺子自己喝。

許昕朵拿起筆準備繼續寫作業的時候，童延突然餵過來一勺，她下意識地吃了，緊接著蹙眉：「勺子你用過吧？」

「有什麼問題？」童延說完，自己又吃了一口，還是那個勺子。

「沒事。」許昕朵將粥吞咽了下去，繼續低頭看書，臉頰不受控制的紅了。

第十六章　比較

童延算是暫時被哄住了，不會再鬧脾氣，且打算嘗試同時學普通班的課程，之後會嘗試參加普通班的考試。

在成績不能進入火箭班之前，不會輕舉妄動。

許昕朵在火箭班正式開始上課了，她簡直就是野蠻生長大的，到哪裡都能適應。

班級裡可能存在不友好，但是許昕朵有的是辦法讓他們更不開心。漸漸的，大家都知道許昕朵帶刺，也就不敢招惹了。

♫

週六，許昕朵參加的比賽進行總決賽。

週五那天其實還有一輪比賽，業餘組比常規組多出一輪來，許昕朵再次拿到第一名，順利殺出重圍。

到了週六的總決賽，業餘組和常規組總算一起參加比賽了，在同一個比賽場地進行比賽。

這一次的比賽觀眾多了許多，業餘組不受重視的程度可見一斑。

穆傾瑤作為奪冠熱門，家裡自然重視，穆家父母都來了。他們本來還想叫穆傾亦也來，結果穆傾亦說今天要補課，說什麼也不來。

其實穆傾亦對穆傾瑤的態度家裡也看出來了，穆傾亦甚至是有點排斥這個妹妹。

好在沈家父母和沈築杭都來了。

沈築杭和穆傾瑤的關係有所緩和，不過也不如從前了，因為穆傾瑤，沈築杭最近總是被人嘲笑，還被迫轉班，心裡對穆傾瑤多少有點埋怨。

但是兩家有婚約在，沈築杭表現得也還算可以。

五個人坐在觀眾席等待的時候，後頭突然一陣喧嘩。

眾人紛紛朝二樓看過去，卻不明所以。

過了一陣子才聽到其他人議論：「好像是有明星來看比賽了，為了低調選二樓位子，結果還是被人認出來了。」

「誰啊？」

「不知道。」

他們沒在意，繼續等待。

兩家父母還在互相寒暄，沈父問：「瑤瑤是第幾個出場？」

穆父立即笑容滿面地回答：「是開場第一個，順序是按照之前比賽評分高低排的，瑤瑤是開場第一個表演的。」

沈父詫異：「都排出順序來了，還要比？」

穆父解釋：「這是之前積分累積下來的榮譽，給足了前面優秀選手排面。到了總決賽，就只看本場的表現了。」

沈父跟著點頭：「嗯，瑤瑤如果不緊張，拿第一沒什麼問題。」

穆父對於這點還是非常滿意的：「對，瑤瑤從小練琴就刻苦，小時候沒少哭，有現在的成績也是努力的成果。」

說話間，比賽已經正式開始了，主持人致辭後，宣布第一位選手上場，當然是穆傾瑤。

穆傾瑤今天打扮十分得體，禮服是量身定制的，能夠揚長避短，加上臉上有著精緻的妝容，走在臺上看起來落落大方，恬靜優雅。

沈母看著穆傾瑤滿意地說：「瑤瑤的氣質是越來越好了。」

穆父跟著回答：「對，也是大姑娘了。」

穆傾瑤自己也知道，這是她挽回父母以及沈築杭心的重要時機，要把握好。

學校那邊可以再說，和這些人的關係調節迫在眉睫。

所以她在這段留在家裡的日子，非常刻苦地練習。加之她的鋼琴彈得不錯，這一次比賽的第一名勢在必得。

她選擇的曲目是蕭邦的《夜曲第二十號》。

曲子旋律非常動聽，十分適合在安靜的環境裡細細欣賞，曲子能夠讓人的身心寧靜下來，愜意中帶著些許靈動。

她這一次的狀態和表現都非常不錯，已經發揮到自己的極致了。演奏結束後，臺下的掌聲經久不息，讓她一陣安心。

穆傾瑤起身行禮，接著走下臺去，有老師過來跟穆傾瑤說話，誇讚著她表現不錯。

這些老師都是之前比賽裡遇見過幾次的，對她也算照顧。她出手也闊綽，經常給這些老師們買飲料、請吃午餐，老師們對穆傾瑤的印象一直特別好。

穆傾瑤比賽完畢後，到一旁等待。

她的高跟鞋有點高，走到更衣區裡換掉高跟鞋進行短暫的休息，突然聽到有工作人員竊竊私語。

「剛才的選手彈得不錯啊。」

「嗯，確實不錯，得冠熱門呢。」

「第一名應該就是她了吧？」

「不一定，週三那天的比賽，業餘組有一個選手和她彈的是同一個曲子，評分比她高。」

「業餘組？不可能吧？是不是那邊的老師比較寬鬆，表現不錯就給高分？」

「這個就不知道了，反正聽說業餘組有黑馬。」

穆傾瑤坐在更衣室裡詫異，久久不能回神。

業餘組？

她的確聽說過有這個組別，但是從來沒有將這個組放在眼裡，畢竟連證書都沒有的選手，能有幾個厲害的？

據說業餘組都是業餘愛好者，有些是家裡條件一般，請不起家教老師，甚至連鋼琴班都沒怎麼參加過，很多都是野路子。

以前這種比賽，常規組和業餘組只要比過差距立現，怎麼會有黑馬？難不成有天賦型的選手？

穆傾瑤有點好奇，想要去業餘組的休息室看一看，走到門口看到裡面在做準備的人，她一眼就看到了許昕朵。

許昕朵太顯眼了，就算是坐在人群裡，也能一眼就看到她，氣質外形十分出眾，永遠不會被埋沒的一個人。

穆傾瑤心中一緊，難道業餘組的黑馬是許昕朵？

又是她！

穆傾瑤的心中突然出現這樣的想法。

怎麼又是她！

之前許昕朵桌球、網球、散打拿了第一名還能解釋，解釋為許昕朵體育方面非常優秀就可以了。

可是，她怎麼可能還會鋼琴？

鋼琴可不是體能優秀就能夠駕馭得了的，他們很多人都是童子功，穆傾瑤記事開始就在彈鋼琴了。

許昕朵有那個條件嗎？

怎麼可能？

鄉下有音樂課，但是真的有鋼琴嗎？能讓許昕朵持續練習嗎？

穆傾瑤落荒而逃，心中惶恐不安，卻什麼也無法做。

她現在做什麼錯什麼，不能再做那些事情了。

她不信許昕朵非常厲害。

比賽進入後半段後，主持人進行播報：「接下來是業餘組的選手進行比賽，第一位上場的是嘉華國際學校高二火箭班的許昕朵同學，表演曲目〈鐘〉。」

主持人離開後，不少人都有點驚訝，業餘組的選手，選擇了〈鐘〉這種高難度的曲目？

這是孤注一擲了？

傳聞中，〈鐘〉曾經被認定為「不可能彈奏」的曲子。

許昕朵在練習的時候，經常在同一個地方出現問題。其中有一段需要單手非常快速地跳躍四個八度，這是在模仿鐘聲，也是在挑戰極限。

許昕朵上臺後，臺下有了議論聲，實在是這位選手的容貌、氣質都太過優秀了。

在外形上給人視覺上的衝擊。

人都是視覺動物，下意識地會對這種長相好的女孩子產生好感。

尤其是許昕朵走出來一段路，展現了她渾然天成的氣質。

許昕朵坐下後，開始進行演奏。

她的琴聲一直都是富有靈性的，韻律不會生硬，聽起來連貫且舒服。

如果《夜曲第二十號》是安逸愜意的，那麼〈鐘〉就是激烈的。

曲調一直是歡樂的，就好似真的是鐘在鳴響一般。

在許昕朵演奏的時候，在場觀眾鴉雀無聲，等她演奏完畢才響起了掌聲，實在是太過驚豔，在這種少年組的比賽裡，竟然能看到這麼精采絕倫的表演。

許昕朵起身後行禮示意，接著下臺。

穆家父母一直沉默，甚至不知道他們的親生女兒居然會彈鋼琴，且彈得這麼好。

就算內心之中不想承認，也不得不服，許昕朵的演奏確實比穆傾瑤精彩。

許昕朵的彈奏可以說是一種享受。

穆家父母的心情還沒有平復，一直沉默的沈母突然開口說道：「剛才的女生好像是你們家裡的養女，之前沒聽說她要參加比賽啊。」

這件事情，連穆家父母都不知道。

穆父乾笑著回答：「只是重在參與。」

沈母突然變了一種語氣，語氣裡透著一股酸意：「這個養女確實挺優秀的，長得漂亮，氣質也好。也是火箭班的？」

穆父突然回過神來，許昕朵怎麼突然跑到火箭班去了？

他想起來了，火箭班有學費減免，許昕朵又是上次考試的第一名，去了也不奇怪。

他們現在對許昕朵的情況真的什麼都不知道！

沈築杭突然開口說道：「她上次考試是第一名，穆傾亦才第二。」

沈母十分詫異，又問：「哦，那瑤瑤呢？」

沈築杭最近沒太關心穆傾瑤的事情，隨口回答：「不記得了，二、三十名吧。」

穆母趕緊說道：「是十七名。」

在沈家父母看來，這個名次其實也沒差很多。

反正就是在後面，不如許昕朵和穆傾亦。

沈母再次開口說道：「那這個養女確實很優秀，難怪你們家會收養她，等築杭生日會的時候，讓她也來參加吧。」

現在許昕朵已經不在穆家住了，穆家父母都請不動這位女兒，穆父只能乾笑著說道：「她是鄉下長大的，很多規矩不知道，去了難免出事。」

沈母很詫異：「看不出來啊，氣質挺好的。」

穆父：「這麼短的時間，能看出什麼來。」

之後兩家都沒有再說什麼了，不過大家心裡都明白，在許昕朵出現之後，兩家的心裡都不太平靜。

穆家父母不知道許昕朵究竟隱瞞了他們多少東西。

許昕朵身上有太多力離奇的事情，讓他們措手不及。

穆母更是抓緊了衣擺，心中五味雜陳，看到女兒後她的心裡更加難受了。她想等等去找許昕朵，讓她趕緊回來，別在外面受苦。

比賽結束後，意外還是發生了，穆傾瑤不但沒有得到第一，還只拿到了第三名。

在邀請沈家的時候，穆家父母信誓旦旦地說穆傾瑤肯定會是第一名。結果呢，成了比賽的第三名。

而第一名是穆家的養女許昕朵，站在臺上領獎後，前三名合影。穆傾瑤站在許昕朵身邊，兩個女孩子並肩站在一起的畫面，對比實在強烈了點。

穆傾瑤明明穿著高跟鞋，身高依舊不及，完全淪為陪襯。

領獎結束後，比賽散場。

穆傾瑤已經完全傻了，從聽完許昕朵彈奏後，魂魄都碎了三分。

她披上外套走出會場，看到了自己的父母和沈家父母，走過去跟他們打招呼。

沈築杭還是之前那副愛理不理的樣子，站在旁邊的時候，還在看其他的地方，看都不看穆傾瑤一眼。

他們之後還約了一起去吃飯，沈母突然問道：「不帶養女一起去嗎？」

穆父尷尬地笑了笑：「不帶了，我們兩家難得聚一聚。」

穆母看了看穆父，心裡糾結，她其實想去找許昕朵談談，卻不能在親家面前暴露。

錯過這次後，還能有這麼好的機會嗎？

這時場外突然出現騷動，還有驚呼聲。

他們看到人群中間走著的似乎是尹嫿。尹嫿是老牌藝人，不走流量路線，但是人氣還是有的，有人認出來後驚訝不已。

尹嫿怎麼突然出現在這裡？

接著就看到尹嫿身邊還跟著她那位外形比當紅偶像還出色的兒子，手裡還拿著一束花。

之前那陣騷動，就是尹嫿引起的吧？

這樣的母子二人在一起，就算刻意喬裝了也很容易被關注，被認出來也不意外。

許昕朵每次比賽結束後，都要立即套上褲子，穿上羽絨服才出來。

她走出來後看到尹嫿他們在等了，立即走過去跟尹嫿擁抱慶祝，隨後說道：「我們回去吧。」

童延把花給許昕朵，這次的花是童延買的了，特徵明顯，花裡插了兩串糖葫蘆。

許昕朵看到笑了起來。

尹嫿說道：「妳的父母在那邊看著妳呢。」

許昕朵扭頭看了一眼後，垂下眼眸說道：「哦，我……不想理他們。」

「去打個招呼吧，為的只是讓別人不能說妳是白眼狼，我也討厭他們。」尹嫿湊過去小聲說了一句，接著和許昕朵結伴走了過去。

許昕朵沒說話，尹嫿笑臉盈盈地走過去說道：「你們也來看比賽啊？」

穆家父母和沈家父母自然不會駁了尹嫿的面子，也跟著笑著打招呼。

尹嫿對穆家父母說道：「朵朵最近住在我那裡，我和她投緣，讓她陪陪我，你們放心吧。」

穆母驚訝不已。

許昕朵住在尹嫿那裡？簡直斷了她勸許昕朵回去的說辭。

許昕朵在外面也不是受苦，過得比在家裡還好。

說完，尹嫿就帶著許昕朵離開了。

許昕朵只在離開的時候冷漠地看了穆家父母和穆傾瑤一眼，眼神裡一點溫度都沒有，她全程一言不發，就這樣離開了。

被許昕朵看了一眼後，穆母心臟都揪緊了，穆父則是氣得咬牙切齒。

童延跟在旁邊，對這家人更是厭惡，走的時候沒好氣地看了看他們，也跟著離開了。

沈家父母不傻，自然能看出那種尷尬的氣氛。

不過他們什麼都沒說，只是帶著兩個孩子一起吃飯，飯吃到一半沈築杭就離開了，說和朋友約好去玩。

走的時候都沒跟穆傾瑤說一聲，也沒說是哪位朋友。穆傾瑤看著沈築杭離開，再看看兩家父母間的氣氛，差點當場哭出來。

之後這頓飯也沒聊得多開心，吃完後直接散場了。

♫

在回去的車上，沈母越想越覺得心裡不舒服：「穆家怎麼回事？突然搞了一個養女出來，我當是私生女就沒管了，這種事情我們就算是親家也不好管。但是現在越想越不對，你說，穆傾瑤會不會根本就不是他們親生的？」

沈父覺得沈母的理論非常扯，立即反駁：「胡說什麼呢？」

「你看看那個穆傾瑤，哪裡都不如那個養女，明明養女更像是穆家的親生女兒。」

「我們兩家往來這麼多年，瑤瑤是不是親生的，我們還能不知道？我們也是看著瑤瑤長大的。」

沈母還是覺得不開心，實在是對比太強烈了，穆傾瑤被比下去得太慘烈了點。

明明有更好的，他們卻收了那個不好的。

沈母再次開口：「我總覺得他們是把非親生的、養壞了的那個給我們了，然後把更好的那個丟到童家去，討好童家夫人，要靠著親女兒嫁給童家小少爺攀高枝！」

「妳的想像力倒是豐富，沒看出來嗎，那個養女和穆家關係不太好，養女的眼神我想想就覺得這個女孩子不好相處，太冷了。」

「不行，要讓穆家出一份親子鑑定。」

沈父立即怒了：「這不是胡鬧嗎？出了這麼一個鑑定書，兩家的關係就出現嫌隙了！」

「現在好多人議論紛紛呢，出一份鑑定書也能堵住悠悠眾口吧！這個理由還不充分嗎？我們心裡還能舒服一點。」

「那個許昕朵一看就不是能好好過日子的女孩子，還是瑤瑤端莊得體，真不知道妳心裡在不舒服什麼？」

「可是明明是許昕朵帶出去更有面子吧？各方面都比穆傾瑤優秀，為什麼不要好的？」

沈父越發覺得荒唐了：「難不成妳想築杭和瑤瑤戀愛了後，再去跟別人戀愛？還是前女友的妹妹？」

「這有什麼？現在年輕的孩子有幾個不是換過幾個戀愛對象的？」

「妳就別添亂了，想的都是些什麼亂七八糟的。」沈父說完就開始閉目養神，不理沈母了，留下沈母獨自一人憤憤不平。

♫

穆父回到家裡就開始發怒。

穆父解下領帶之後摔在茶几上，發狠的說道：「妳看看她那個態度！全程一句話都不說，看我們的時候還是那種眼神！是她自己吵著鬧著要走的，現在還成了我們的不對了是不是？」

穆母一句話也不說，她最近對於穆父這種凡是只會發怒，怪在別人身上的行為有了一絲厭惡，漸漸也開始不想理會他了。

穆父越想越生氣，在客廳裡來回踱步：「那個尹嫿不也是嫁給童瑜凱才有如今的風光的？

尹嫿就是一個落魄千金，他們尹家都破產了，負債累累。還不是靠被童瑜凱養著才能活下去？尹家全家都在吸童家的血！她有什麼臉高傲？」

穆母有些聽不下去了，反駁道：「尹嫿自己當藝人收入也不少，而且她的演技是得到很多人認可的，沒有童瑜凱，她自己也能家財萬貫。」

「她初期連劇本都接不到，全是靠跟童瑜凱睡來的資源，結果還包養出真愛了。」

「你在孩子面前都說些什麼不三不四的話呢？」

穆傾瑤趕緊快步上樓，到了他們看不到的位置又停下，偷偷聽那些陳年八卦，結果卻只聽到了父母吵架。

「莫茵尋，妳最近脾氣很大啊，開始敢反駁我了？」穆父特別討厭身邊的人不受自己控制的感覺。

「是你越來越過分了。」

「我過分？呵——」穆父冷笑著走過去，抓住穆母的頭髮來回扯，穆母吃疼，驚呼了一聲被穆父拽得身體亂晃，疼得眼淚都出來了。

穆父：「我把妳這個落魄戶娶回來了，給妳好吃好穿，給妳好日子，現在反而嫌棄我了是不是？我告訴妳，妳這種女人根本不配跟我在一起，妳就應該和一個窮小子結婚，過著苦日子才能知道我的好。」

穆父說完鬆開穆母，繼續對穆母進行詆毀：「妳看妳會什麼，什麼都不會，明明是貧賤的身分，卻開始十指不沾陽春水了，妳離開我什麼都不是。」

穆母含著眼淚反駁：「我當年也是名校的學生！我也是校花！」

穆母年輕時的確很漂亮，當年因為穆父的瘋狂追求，明明是富家子弟，卻待她極好，甚至違背父母的意願將她娶進門。

她曾經覺得自己十分幸福，她有了很好的歸宿。

可是婚後的日子只有她自己清楚。

穆父一開始的形象是偏偏貴公子，溫柔地追她，對她承諾海誓山盟。

結果出現了爭吵，全程都在灌輸給她一個思想，是她的錯，是她讓他們的感情出現了危機，他對她失望至極。

穆母真的覺得是自己錯了，道歉挽回。

從那之後，穆父的感情就是一下子好，一下子壞，好多次她都心灰意冷了，穆父又好到讓她心軟。

這無疑是一種折磨。

穆父聽到穆母的反駁就笑了：「妳看看妳現在，男人四十一枝花，妳呢，出去以後別人都要叫妳阿姨了吧？大叔和阿姨的含義，聽起來就是不一樣。」

穆母再次被傷害了。

穆父冷冷地看了穆母一眼，接著說道：「我知道妳是怎麼想的，想把許昕朵勸回來是不是？那妳就去吧，畢竟也是我們的孩子，我們應該照顧她，給她一筆錢就當是道歉了。對了，妳直接去童家，順便和尹嫿聊聊天，她雖然是個賤胚子，卻也是童家夫人。」

穆父說完也上樓了。

一直偷聽的穆傾瑤趕緊悄悄地回了房間裡。

穆母看著穆父離開，心中越發失望。

原來，穆父想要叫回許昕朵，不是因為親情，只是還想跟童家攀上關係。

一方面瞧不起、詆毀人家，一方面還想結交。

噁心。

♫

週日這天，許昕朵要去公司進行簽約。

許昕朵詢問童延，童延表示黃主任加班陪他進行考試，也剛好是在今天，就不能陪許昕朵去了。

童延想要轉去火箭班的想法是認真的。

他和國際班的黃主任聯繫了，要了一份普通班上次考試的考卷，想要測驗一下看看自己的水準。

黃主任一直對他們非常好，主動表示週日可以陪著童延考試，順便當監考。之後還會聯繫普通班的老師，幫忙改卷子進行評分，成績星期一就能出來。

童延一大早就去學校了。

許昕朵則是和邵清和取得聯繫，接著乘坐車子到公司後，在一樓大廳裡和邵清和匯合。到的時候看到穆傾亦也在。

邵清和和穆傾亦都穿著常服，邵清和襯衫配著牛仔外套，單色褲子、白色的板鞋，看起來很簡單，符合他的氣質。

穆傾亦穿著黑色的圓領T恤，裡面搭著襯衫，只露出了領子來。下身是寬鬆的牛仔褲，以及一雙黑色的鞋子。這種搭配風格有點像童延，不過童延會黑衣黑褲黑鞋，如果不是鞋底白，天黑只要他閉上眼睛就找不到他了。

許昕朵走過去說道：「我們去簽約吧。」

邵清和點了點頭，伸手拽了穆傾亦一下，接著三個人一起走進電梯裡。

電梯裡兄妹二人站得很近，卻沒有人主動打招呼，明明離開家前兩個人的關係有所緩和，此時又尷尬了起來。

穆傾亦彆扭，許昕朵也不願意多聯絡感情。

進入辦公室後，許昕朵第一次見到經紀人。

經紀人出來的時候端著一個保溫杯，笑呵呵地跟公司裡其他人說話，走出來的時候朝三個人看了一眼，最後將眼神定格在許昕朵身上。

邵清和介紹的時候，只給了經紀人一張同學錄的相片，其他什麼都沒有。

沒見過推薦模特兒的時候給證件照的！

網上有段子流傳說：拍影片只露臉，肯定胖。

加上現在的年輕人大頭照都是P出來的，一個個P的要多好看有多好看。他們經常接到一份資料看起來可漂亮了，來了之後都認不出來是同個人的。

P得太過了，您不該做模特，您應該做後製。

所以在看到許昕朵證件照的時候，經紀人的感覺也淡淡的，確實挺漂亮的，但是應該是P的，真人能長這樣早被星探挖走了，用得著被人介紹？

大概又來了一個需要P圖的怪物，增加他們後製工作人員的工作量。

所以經紀人一直沒把許昕朵當回事。

結果看到許昕朵本人後，經紀人腦中的警鈴就響了：這位不紅，天理難容！

這張臉，這身材，這氣質，簡直就是為了模特兒而生的！

經濟人立即迎了過來，主動跟許昕朵握手：「這位就是朵朵吧，本人比相片上好看，好看太多了。」

之前在訊息裡，經紀人都叫她小許。

許昕朵還算得體地跟經紀人握了握手，接著就鬆開了。

經紀人不在意，笑呵呵地自我介紹：「以後就叫我張哥就行。」

張哥說完，扭頭看了看穆傾亦，也覺得外形非常優秀，於是問道：「這位也是？」

邵清和立即否認了：「不，他是朵朵妹妹的家屬。」

「哦，我說呢，兩位長得真像，親兄妹？」

邵清和隨口回答：「嗯，算是吧。」

四個人一起去會議室，進去之後還有人在裡面開會。

他們只能坐在一旁等待他們的會議結束。

這棟大樓全部都是星娛的，不過模特兒的部門只在其中一層樓的一半區域，就算是一個附屬的小部門。

這些房間裡有辦公區域，還有模特兒培訓的教室，全部都在一起，使得會議室都非常緊湊，只有這麼一間。

在等待的時候，穆傾亦拿走了合約，反覆翻看，幫許昕朵把關。

許昕朵也沒說話，靜靜地坐著等待。

等了一陣子，開會的人出去了，穆傾亦也在同時將合同放在許昕朵的身邊，說道：「沒什麼問題。」

「哦。」許昕朵回應。

張哥還是跟許昕朵做一次介紹，先是介紹他們部門，之後說了一些合作夥伴，還有就是投資商有哪些，他們接的工作等等。

之後是跟許昕朵商量培訓和可以拍攝的時間，這些都需要商議，接著現場定了一個表格，也需要許昕朵簽字。

許昕朵帶了自己的身分證，張哥拿去複印。

複印後他看了一眼身分證地址，有什麼鄉，什麼村這樣的文字，不由得多看了許昕朵一眼。

合約簽約完畢，張哥帶許昕朵參觀他們模特兒部門，裡面還有在培訓的新人，他們也都互相打了招呼。

許昕朵今天下午就要開始跟著培訓了。

穆傾亦這邊跟著簽完合約後就走了，似乎不想多留。

許昕朵在公司吃第一頓工作餐的時候，邵清和跟家裡人打完招呼了，走過來跟許昕朵一起吃飯。

他溫和地問道：「感覺怎麼樣？」

許昕朵已經快吃完了，只是邵清和來了，出於禮貌沒有放下筷子：「還可以，能賺錢就行。」

「妳倒是不挑。」

「我能挑什麼啊……」

邵清和吃了一陣子，突然說道：「妳對妳哥哥的態度，稍微好一點點，可以嗎？」

許昕朵看向邵清和沒回答，態度模糊不清。

邵清和立即解釋：「嗯，我知道我這樣勸妳挺不好的，我只是覺得他有點可憐。」

許昕朵放下筷子開始苦笑，穆傾亦可憐，那誰可憐她？

邵清和繼續說下去：「我只跟妳說我知道的，在妳回來之前穆傾亦和家裡吵過一架才去當交換生的，現在想想，他大概是在幫妳爭取什麼。而且，這種事情他也是無辜的，做出換孩子的事情不是他，他只是倖免於難而已。家裡做出的決定他不認可，卻也毫無辦法，他還是家裡的孩子，不能太違背父母。這些日子裡，他也在非常努力地幫妳爭取，只是……妳還是離開了穆家。」

許昕朵含糊地應了一聲。

邵清和：「他還是很關心妳的，會去看妳比賽，會在妳來簽約的時候過來看看合約……」

許昕朵突然說道：「可能是我天生涼薄吧。」

邵清和立即閉上了嘴。

「我不想和那個家再有什麼牽扯，所以就連他我也不想認了。」許昕朵說完苦笑，「他的確沒有做錯什麼，我也沒有資格怪他沒有幫我出頭，他也是為了家裡的聯姻考慮。但是，我心裡還是會不舒服。」

邵清和一直看著她，看到她的眼眶突然紅了。

她說道：「在我饑寒交迫，一身凍瘡的時候，他在穆家住著別墅，學著鋼琴，穿得暖和。在我受盡了苦，著急學費的時候，他品學兼優，被父母寵著，學校裡的學生護著。每次對比之後，我心裡都會不舒服。我不是聖人，我看到他的時候心裡會痛。我看到他同情的眼神會覺得自己被物質化了，在他的眼裡，我是一條可憐的狗！」

「他並沒有那麼想！」邵清和連忙幫著辯解。

「可能是我自卑吧，又糟糕又敏感。」

「不，妳很優秀。」

許昕朵突然笑了起來，接著扭頭看向邵清和：「勸別人去原諒的人，就該天打雷劈，你根本不知道我經歷了什麼，你只看到你的朋友很難過。」

邵清和立即察覺到自己逾越了，於是道歉：「抱歉，是我管得太多了。」

「我理解你的好意，我也可以告訴你，我不恨他，也不討厭他。但是我試過了，我短時間內無法接納他，也有可能是因為那家人給我的失望，讓他跟著連坐了。或許有一天，我會發現有一個哥哥很好，但是現在……還不能。」

在邵清和看來，穆傾亦夾在中間真的很難受。

但是，這是穆傾亦的家庭，這是他家裡發生的事情，他攤上了，沒辦法。

許昕朵回到穆家之後第一個開始接近的就是穆傾亦，然而最後，許昕朵還是離開了那個家。

這個哥哥……該怎麼說好呢？

確實在努力對她好，可是，她就是難以接受。

邵清和點了點頭，拿起水杯後喝了一口，接著說道：「這樣也能避免家裡的人，讓穆傾亦勸妳回家去吧？這樣穆傾亦也會很為難。」

許昕朵突然一愣。

邵清和扭過頭微笑著看著許昕朵，笑的時候眼睛彎彎的，表情讓人捉摸不透：「朵朵妹妹還是非常溫柔呢，很可愛。」

「你……」許昕朵只發出一個音來。

「怎麼？」

「你這樣的人真的很讓人討厭。」許昕朵坦然地說了出來。

邵清和繼續微笑，看到邵餘走過來跟他打招呼，旁邊還跟著他懷孕中的夫人，立即站起身來走過去說道：「好了，不聊了，妳按照妳的想法做就好。」

許昕朵看著邵清和離開，突然叫住他，說道：「邵清和，餅乾我明天帶給你。」

「嗯，我要有聖誕樹的，馬上要耶誕節了。」

「好。」

——《靈魂決定我愛你》02 完——

高寶書版集團
gobooks.com.tw

YH 083

靈魂決定我愛你（02）

作　　者　墨西柯
責任編輯　吳培禎
封面設計　茵萊登曼特
內頁排版　賴姵均
企　　劃　鐘惠鈞

發 行 人　朱凱蕾
出　　版　英屬維京群島商高寶國際有限公司台灣分公司
　　　　　Global Group Holdings, Ltd.
地　　址　台北市內湖區洲子街88號3樓
網　　址　gobooks.com.tw
電　　話　(02) 27992788
電　　郵　readers@gobooks.com.tw（讀者服務部）
傳　　真　出版部(02) 27990909　行銷部 (02) 27993088
郵政劃撥　19394552
戶　　名　英屬維京群島商高寶國際有限公司台灣分公司
發　　行　英屬維京群島商高寶國際有限公司台灣分公司
初　　版　2022年 4 月

本著作物網路原名《真千金懶得理你》，作者：墨西柯，由北京晉江原創網絡科技有限公司授權出版。

國家圖書館出版品預行編目(CIP)資料

靈魂決定我愛你/墨西柯著. -- 初版. -- 臺北市：英屬維京群島商高寶國際有限公司臺灣分公司, 2022.04
　冊；　公分. --

ISBN 978-986-506-406-8(第1冊：平裝). --
ISBN 978-986-506-407-5(第2冊：平裝)

857.7　　111005568